GCN文庫
英霊たちから修行を受け続けた
最後の英雄は、
やがて最強へと成り上がる
The Last Hero
who continues to receive training from the spirits of heroes,
will eventually become the strongest.
美紅
Miku
イラスト
増田幹生
Masuda Mikio

ムト
ザンセイ
宇内護

オウシン
ルメラ
『待っていたぞ、
最後の英雄よ』

「ハアアアアッ！」
俺は全力で全身の魔力を活性化させると、
さらにスピードを上げる。
そして、近づく餓狼を一気に殲滅し、
大餓狼に飛びかかった。

英霊たちから修行を受け続けた最後の英雄は、やがて最強へと成り上がる

著：美紅
イラスト：増田幹生

GCN文庫

The Last Hero
who continues to receive training from the spirits of heroes,
will eventually become the strongest.

Contents

プロローグ

――それは、突然だった。

「何だ、あれ……」

東京の上空に出現した、巨大な渦。
漆黒の渦は、東京の街一つを覆うほどに巨大で、空を黒く染める。
突如発生した異常事態に、日常を送っていたすべての人間が足を止め、一様に空を見上げた。

「渦？」

――そしてそれは、宇内護《うないまもる》も同じだった。

朝起きて、学校に向かうための支度を整える、変わらない日常。

そんな日常に、異変が起きたのだ。

すると、護の一つ下の弟である佑《たすく》もまた、護と同じように窓から空を見上げる。

「兄さん、あれ何？」

「さあ……」

幼い護や佑は、目の前の光景が異常だとは分かっても、恐ろしいものだとは思っていなかった。

しかし、それが間違いだとすぐに気付くことになる。

何故なら――【竜】が、現れたから。


「――グオオオオオオオオオオオオオオオ！」


すべてを委縮させる、凄まじい咆哮。

たった一度の咆哮で、人類は目の前の生物との格の違いを感じ取った。

巨大な体躯に、漆黒の鱗。

まさに、伝説に登場するような竜が、そこに現れたのだ。

そんな竜の出現に、東京全土の動物が逃げ惑う。

そんな中、人間はただ、呆然と上空を眺めることしかできなかった。

「な、何かの撮影、だよな?」

「あ、当たり前だろ!」

震える体を抑え、目の前の光景から目を逸らそうとする者たち。

――しかし、現実はどこまでも残酷だった。

竜の咆哮が終わると、巨大な渦から、黒い靄《もや》が出現する。

だが、すぐにそれは靄などではないことが分かった。

「グゲゲゲゲ!」

「ギャギャギャ!」

「カカカカカカ!」

竜に続く形で、異形の怪物たちが、渦から大量に出現した。

怪物たちは蝙蝠《こうもり》のような羽を持ち、まさに空想上の【悪魔】がそのまま出現したかのようである。

その大量の悪魔が集まったことで、黒い靄のように見えていたのだ。

そんな悪魔たちは、大群となって出現すると――人間たちに襲い掛かった。

「きゃああああああ！」

「ま、待て、こっちに来るぞ！」

「な、何だよコイツら!?」

「いいから逃げろ！」

　上空から襲撃する悪魔たちは、次々と人間を捕まえると、まるで玩具のように弄び、全身を引き裂く。

　さらには、生きたまま頭から喰らい、人間たちの悲鳴を受けながら、嬉しそうに笑った。

　すぐさま屋内に隠れ、悪魔の襲撃から逃れようとする者もいたが、悪魔たちは容赦なく家を破壊し、人間たちを惨殺していく。

　もはや、逃げる以外に悪魔たちから逃れる術はない。

　――まさに、地獄絵図。

　平和だった日常は、一瞬にして崩れ去ったのだ。

　そして護たちもまた、竜に続き、悪魔の出現により、この状況が危険だとようやく理解した。

　すると、慌てた様子で父親と母親がやって来る。

「護、佑！　今すぐここから離れるぞ！」

「う、うん！」

訳も分からないまま、二人は両親に連れられる形で家を飛び出した。

こうして逃げ出した護たちだったが、街はすでに大混乱となっており、護たちと同じように、多くの人間が逃げ惑っていた。

少しでも遠くに逃げようと車を使う人間も多く、結果的に大渋滞を引き起こし、交通網は完全に麻痺している。

そのことを予見していた護たちの両親は、とにかく二人の子供の手を引き、走って逃げた。

しかし、必死に逃げる護たちだが、悪魔たちの機動力は凄まじく、その努力を嘲笑うかのように追いつかれてしまう。

「と、父さん！」

「振り向くな！　とにかく走るんだ！」

全力で逃げる護たち。

だが、幼い護や佑への負担は凄まじく、体力を消耗した佑が足をもつれさせ、転んでしまった。

「あ、ああ……！」

「佑ッ！」

急いで父親が助けに向かうも、悪魔が襲来してしまう。

「ギャギャ……」

ニタリと笑う悪魔は、佑を殺そうと手を伸ばした。

しかし、すんでのところで父親が割り込むと、そのまま父親は悪魔によって肩を貫かれてしまう。

「があああああっ！」

「アナタ！」

「ぐっ……に、げろ……！」

苦悶の表情を浮かべる父親は、悪魔の腕を掴み、必死にそう告げた。

すると、母親は呆然とする佑を立たせ、護と佑の手を引き、走り出した。

「か、母さん！　父さんは！」

「いいから、逃げるのよ！」

必死に駆け出す三人。

その直後、背後から父親の悲鳴が届いた。

護が思わず後ろを振り向くと、父親に群がる悪魔たちが。

悪魔たちは顔を血で染めると、愉悦《ゆえつ》の表情を浮かべた。

「父さん、父さん……！」

護と佑がそう叫ぶ中、母親は歯を食いしばり、二人を逃がそうと必死に走る。

だが、悪魔たちには情けというものが一切なかった。

父親を食べ終えた悪魔たちは、周囲には他の人間もいるというのに、何故か執拗に護たちを狙い、追いかけてくるのだ。

「はぁ……はぁ……！」

「あ、足が……！」

すでに護たちの体力は限界であり、追いつかれるのも時間の問題だった。

すると、母親は覚悟を決める。

「護、佑！　二人とも、振り向かずに走りなさい！　私が囮になる！」

「だ、ダメだよ！　三人で一緒に……」

「言うことを聞きなさい！」

「っ！」

母親の鬼気迫る表情に、護たちは圧倒された。

しかし、すぐに表情を緩めると、慈愛の表情を浮かべ、二人の頭を撫でる。

「護、佑をお願いね。二人で生き延びるのよ」

「な、何を言ってるの？　駄目だよ、嫌だ！」

「護！　佑を連れて、早く！」

決意の籠った表情の母親を前に、護は歯を食いしばると、そのまま佑の手を引き、走り出した。

「兄さん！　なんで、どうして……！」

「いいから、走れ！」

護は目に浮かぶ涙も気にせず、ただ佑と共に生き残ることだけを考え、走り続けた。

二人が生き残ることこそ、母親の願いだから。

母親を置いて行きたくないと泣きわめく佑の手を無理やり引き、逃げる護。

護も泣きわめきたかった。

それでも、佑を助けるためにも、ここで泣いているわけにはいかない。

ただ生き残ることに必死で、二人は逃げ続けた。

しかし、いくら足掻いたところで、人間の足の速度などたかが知れている。

そして、相手は空を自由自在に飛びまわる悪魔だ。勝てるわけがない。

結果、悪魔は護たちに追いついてしまった。

「ギャギャギャ！」

「グゲゲゲ……」

まるで怯える獲物を甚振《いたぶ》るように、護たちを取り囲む悪魔たち。

そんな悪魔を前に、護は佑を庇うように立つと、叫んだ。

「た、佑には指一本触れさせないぞ！」

「に、兄さん……」

必死に虚勢を張るが、多勢に無勢。

何より幼い二人が、悪魔に勝つ方法などなかった。

そしてついに、堪えきれなくなった悪魔たちが、二人に飛びかかる！

「くっ！」

もはや逃げられないと悟った護は、佑を腹に抱き、庇うように蹲《うずくま》る。

その結果、無防備となった護の背に、悪魔が喰らいついた。

「ぎゃあああああああああ！」

「に、兄さんッ！」

容赦なく爪をたて、皮膚を斬り裂き、肉を喰らう悪魔たち。

とても十歳そこらの子供が耐えられるようなものではない。

それでも、母親から託された弟を守るため、護は必死だった。

しかし、どれだけ護が覚悟を決めようとも、無力であることには変わらない。

血まみれになり、絶叫する兄を前に、佑はただ泣き叫ぶ。

「い、嫌だ……やめてよ……！」

泣きわめく佑を安心させるように、護は無理やり笑みを浮かべる。

「だい、じょう、ぶだ……兄さんが……守って……」

「兄さん……！」

もはや、護は限界だった。

護の意識が闇に沈んでいく中、佑に異変が起きる。

「やめろ……やめろおおおおおおおおおおおお！」


突如、護たちに群がる悪魔に、雷が落ちた。

その雷は、周囲の悪魔を軽く消し飛ばすと、巨大なクレーターを生み出す。

だが不思議なことに、悪魔と同時に落雷に直撃したはずの護たちは無傷だった。

そして――――。

「兄さんは……俺が守る……！」

全身に白雷を纏う佑が、力強い目で悪魔たちを見つめていた。

そんな中、護の意識が消える直前、不意に脳内に不思議な言葉が浮かび上がる。

――【英霊たちの宴】。

それが一体何なのか、一切分からないまま、護の意識はそこで闇に沈むのだった。

第一章

――六年後。

世界は、大きく変わった。

東京の上空に出現した竜は、突如、何かに気付いた様子を見せると、そのまま渦の向こうに消えてしまったのだ。

それと同時に渦も消失すると、残るは悪魔の大群のみ。

自衛隊や警察が掃討に向かうも、悪魔たちには現代兵器は通用せず、このまま人類は衰退の一途をたどるかと思われた。

しかし、そんな人類にも異変が起こっていた。

なんと、悪魔の襲撃から少しして、次々と特殊な【スキル】を覚醒させた者たち――【覚醒者】が現れたのだ。

覚醒者は、まるでその能力が最初から扱えたかのように自在に操ると、現代兵器が効かなかった悪魔たちを一掃した。

こうして無事、最初の大異変……【東京変異】は乗り越えることができたのだ。

とはいえ、大きな傷を負った日本だったが、すぐに国はこの事態に対処すべく動き始める。

しかしその後、日本だけでなく、世界各地でも同様に、謎の渦が出現し、そこから怪物が現れるという事態に陥っていた。

だが、それに合わせてやはり、世界各地にもまた、覚醒者が出現し、この緊急事態に対応していく。

最初こそ、ただやられ続ける人類だったが、少しずつ攻勢に転じ始めていたのだ。

そして怪物が出現して少し経った頃、人類はついに渦の向こう側の調査に乗り出した。

万全の準備を整え、渦の向こう側に降り立った人類は、驚くことになる。

なんと渦の向こうには……もう一つの世界が広がっていたのだ。

地球とはまったく異なる植生に、そこで暮らす怪物たち。

何よりそこには、地球にはない資源で溢れていた。

すぐさま世界各国は、この渦の調査に乗り出すことになる。

その結果、渦を【ダンジョン】と名付け、その世界に棲む怪物……【魔物】を討伐し、攻略する者たちを【攻略者】と呼ぶことになった。

それは日本も同じであり、世界と同じで、攻略者を育成するための学園を設立するのだった。

＊＊＊

――【東京攻略者育成学園】。

通称【東攻】と呼ばれるこの学園では、覚醒者であり、攻略者を志す者たちを育成している。

そんな学園に通う俺――宇内護は、いつものように地面を転がされていた。

「ぐっ！」

攻略者を目指す以上、魔物との戦闘は避けられない。
故に、学園では魔物との戦闘に備え、戦闘訓練が授業として組み込まれているのだ。
だが俺は……。
「ったく……しっかりしてくれよなぁ。お前が相手じゃ、何の訓練にもならねぇじゃねぇか」

　そう言いながら俺を見下ろすのは、くすんだ茶髪にピアスで、いかにも不良と言った風貌の男子生徒。

　この男子生徒……張本幹也《はりもとみきや》は、今回の戦闘訓練での俺のペアだった。

　すると、張本の友人たちが近づいてくる。

「お前もついてねぇな。こんな雑魚の相手をさせられるなんてよ」

「ホントだぜ……こっちはコイツみたいな出来損ないと違って、卒業後は世界に貢献する攻略者になるんだぞ!?　戦闘の経験が必要だってのに……これじゃあ何の役にも立たねぇな」

「……」

　攻略者になるには免許が必要になり、その免許を得るための勉強ができるのが、この攻略者育成学園だ。

　張本の言う通り、ほとんどの者が学園卒業後、攻略者になる。

　知識も必要だが、攻略者にとって何よりも大事なのは、魔物を倒すための力だ。

　そして俺は……覚醒者でありながら、致命的な欠陥を抱えていた。

「それにしても……本当に弱ぇよなぁ？」

「コイツ、レベルアップできねぇんだっけ？」

――レベルアップ。

覚醒者にだけ与えられた、人類の進化だ。

東京変異以降、スキルに目覚めた覚醒者だが、他にも力が覚醒していたのだ。

それは、魔力。

魔力とは、まさに空想上のものだった魔法を使うための力で、覚醒者はスキルを獲得すると同時に、魔力にも目覚めたのだ。

さらに、魔力に目覚めると、覚醒者の身体能力は一般人に比べ、遥かに強力なものになった。

この魔力とスキル、そして身体能力を駆使することで、魔物と戦うことができるのだ。

これこそが、覚醒者が攻略者になるための資質だった。

その覚醒した力は、魔物を倒せば強力になることが研究の末分かった。

それはまさにゲームのようで、スキルや身体能力が強化されることで、魔力が増えるのだ。

故にこの現象を、レベルアップと呼ぶようになる。

そして、この攻略者育成学園では、実際に魔物との戦闘も授業で行われ、その中で生徒たちは自然とレベルアップをし、強くなるのだ――――俺を除いて。

なんと俺は、どれだけ魔物を倒しても、一向にレベルが上がる気配がないのだ。

もちろん、ゲームやアニメのように、覚醒者に自身のステータスやレベルが可視化できる能力はない。

だが、研究者たちの努力により、それらを一定の数値として算出する機械が発明され、攻略者は皆、この機械を手にし、自身の戦力を確認していた。

そして俺は、その機械でどれだけ計測しても、まったく数値は変わらないのだ。

何より、俺自身が強くなっている実感がない。

それどころか、最初こそ同じ程度の実力だった張本たちも、この学園でレベルアップしたことで、すでに俺よりも強力な力を得ている。

「ったく……いい迷惑なんだよ。とっとと辞めちまえ」

「そうそう。てか、どうしてこんな欠陥品の方が残っちまったんだ？」

侮蔑の言葉を口にする張本たち。

そして――――。

「――――弟じゃなくて、お前が死にかけりゃよかったのになぁ？」

「――――やめなさい！」

張本たちの言葉に言い返せないでいると、訓練場に女性の声が響き渡った。

声の方に視線を向けると、険しい表情を浮かべた一人の女子生徒が。

艶やかな黒髪を一つにまとめ、意志の強そうな瞳のこの女子生徒は、俺の幼馴染でもある園田《その だ》千夏《ち なつ》だった。

千夏はこっちに近づいてくると、すぐ俺の傍にしゃがみ、肩を貸してくれる。

「大丈夫？」

「あ、ああ……」

痛む体を起こしながらそう答えると、千夏は張本たちを睨んだ。

「アンタ……さっきの言葉、訂正しなさいよ」

しかし、張本は面倒くさそうに口を開く。

「何だよ、事実じゃねぇか」

「訂正して！」

「嫌だね。この国の英雄が犠牲になったってのに、欠陥品がのうのうと生活してるんだぜ？　耐えられるわけねぇだろ」

「アンタ……！」

「千夏！」

張本に飛びかかろうとする千夏を、俺は押さえる。

「でも、アイツ……！」

「大丈夫だから……」

俺がそう言うと、千夏はもう一度張本を睨みつけた。

「チッ……うぜぇ。行こうぜ」

すると、その視線に鬱陶しそうな反応をしつつ、張本たちは去っていく。

そんな彼らの背中を眺めながら、俺は張本の言葉を頭の中で繰り返していた。

――弟じゃなく、俺が死にかけてたら、か。

千夏は庇ってくれたが、張本の言う通りだ。

今も俺たちのやり取りを遠巻きに眺めていた、他の生徒たちの視線からも、張本の言葉に同調するような気配を感じる。

そうだ、弟じゃなくて、俺が死にかければよかったんだ。

どうして……どうしてアイツが……。

俺は、静かに拳を握りこむのだった。

＊＊＊

「クソッ……相変わらずうぜぇなぁ」

戦闘授業の後、張本たちはたまり場である訓練場の裏で荒れていた。

「幼馴染だか何だか知んねぇが、園田のヤツ……調子に乗りやがって……」

「宇内の野郎をボコるたびに、アイツが出てくるもんな」

「クソうぜぇ……何であんなヤツにAランクのスキルが……」

悪態を吐く張本たちだが、千夏に正面から挑むようなことはしなかった。

そのわけは、千夏がAランクのスキルの覚醒者であり、まともに戦えば、張本たちでは相手にならないからだ。

東京変異以降、すぐに覚醒した張本たちは、東攻に通う前は、それぞれの中学校でその力を使い、頂点に君臨していたのだ。

だが、この東攻には、張本たち程度ではどうしようもない覚醒者が数多く在籍している。

それが、張本たちには耐えられないことだった。

そんなところに、護という覚醒者の中でも最下層の存在が現れたため、その鬱憤を晴らすように、護を執拗に攻撃するようになったのだ。

しかし、その護は千夏と幼馴染であったため、毎回いいところで邪魔され、結果的にますます鬱憤を溜め込むことになっていた。

すると、取り巻きの一人が、思い出したように声を上げる。

「そういや、前に言ってたブツは用意できそうなのか？」

「お、そうだった……それに関してだが、なんとかなりそうだぜ」

『おお！』

張本の言葉に、取り巻きたちは喜悦の声を上げる。

「よくそこまでこぎ着けたな？」

「まあ、色々大変だったけどよ。ブツさえ使っちまえば、こっちのもんだ」

「ってことは、ようやくアイツをいたぶれるってわけだな」

「んで？　いつやるんだ？」

「そりゃあ……手に入れた次の日にだろ？」

張本がそう口にすると、取り巻きは下卑《げび》た笑みを浮かべる。

――訓練場の裏で、静かな悪意が動き始めているのだった。

＊＊＊

授業を終えた後、俺は病院へと向かった。

ここには……弟の佑が、入院しているのだ。

ガラスの向こうで、様々な機械に繋がれ、目を閉じている佑。

心拍を示す機械からは、一定の鼓動こそ感じられるが、それはとても弱弱しい。

そんな弟の姿を見て、俺は自分を呪っていた。

「……」

「……俺じゃなくて……どうしてお前が……」

――東京変異の際、スキルに覚醒した佑は、そのまま悪魔を殲滅《せんめつ》し、事態を収束に導いた。

そのおかげで俺も助かることができたのだ。

だが当然、そんな強大な力を持つ弟を、国が放っておくはずがない。

後々開発されたスキルのランクを測る機械によると、佑の覚醒したスキル――【雷霆《らいてい》】は、Sランクという最高ランクであり、なおかつ世界で唯一の使い手だった。

そんな最高ランクの佑を国は保護すると、国の要請を受け、動いていくことになる。

普通であれば、まだ中学校にも通っていない佑が、無理やり働かされることはない。

しかし、世界がそうも言っていられない状況となったことで、幼い佑ですら働くことになったのだ。

俺は当然反対したが、佑は国の要請を受け、最年少ながらも働き続けた。

昔の気弱な佑からは想像もつかないような、鬼気迫る勢いで魔物を駆逐しては、ダンジョンを攻略していったのだ。

それに対して俺も、あの東京変異によって、【英霊たちの宴：Lv1】というスキルを覚醒していた。

Sランクである弟を持つがゆえに、俺も同様の強さを期待されていたが……結果は違った。

他の覚醒者は、覚醒した瞬間に自身のスキルを自然と悟ることができると言う。

しかし俺は、このスキルがなんなのか、まったく分からなかったのだ。

ランクの計測ですら測定不能という扱いになり、他に俺と同じスキルに覚醒した者もいない。

さらに、俺のスキルはどうやらレベル制らしく、使っていけばレベルが上昇するようだが、効果も発動条件も分からない以上、スキルレベルを上げる方法がなかった。

その上、俺は覚醒者でありながら、レベルアップができないのだ。

せめて、使えるスキルが他に手に入れば、また何か変わったのかもしれないが、俺はスキルすらも新たに手にすることができなかった。

――結果、俺はすぐに使えない人間として斬り捨てられた。

ただ、そのことで落ち込むことはなかったが……一つだけ、心残りがあったのだ。

それは、佑のこと。

本当は、佑に戦ってほしくなかった。

しかし佑は、魔物に激しい憎悪を抱き、戦う道に進んだのだ。

そんな佑を支えることは、俺にはできない。

佑はSランク覚醒者であり、俺は無能な覚醒者だから。

こうして別々の道を進んだ俺たちは、次第に住む場所も別になり、どんどん距離が離れていった。

そんなある日……最悪の事態が起きる。

なんと、俺の通っていた中学校に、突如ダンジョンが発生したのだ。

しかも、東京変異の時と同じように、ダンジョンが発生してすぐ、そこから魔物が溢れ出したのだ。

東京変異以降のダンジョンでは、異例のことだった。

ダンジョン自体は、長い間放置してしまうと、そこから魔物が溢れ出すことは割と早い段階で判明していた。

しかし、東京変異のように、発生してすぐに魔物が溢れ出してくるというのはなかったのだ。

故に、中学校は大パニック。

覚醒していない、一般の中学生では、魔物に対抗する術もなく、東京変異のような地獄となった。

そして俺もまた、溢れ出てきた魔物に殺されかけたのだ。

「あの時、俺に力があれば……！」

その時になっても、俺のスキルは何の反応も示さなかった。

すると、救助隊として、佑が駆けつけたのだ。

佑は魔物を殲滅しつつ、ただ必死に俺を救おうとやってきた。

しかし、そんな佑は……魔物の攻撃から俺を庇い、その攻撃が原因で目を覚まさなくなってしまったのだ。

その上、俺たちを襲った魔物は、佑の次に俺を襲おうとするや否や、何かを察知した様子を見せると、なんとダンジョンへと帰っていったのだ。

そして不思議なことに、攻略されていないはずのダンジョンが、綺麗さっぱり消えていった。

何はともあれ、なんとか生き残ることができたが、佑が非常に危険な状態になっていたのだ。

すぐさま医療チームが駆けつけ、Sランクの回復スキル持ちの覚醒者もいたことで、すぐに佑の傷は塞がった。

だが……佑は目を覚まさなかった。

どうやら佑を攻撃した魔物は、特殊な毒を持っていたようで、現状では回復する手段がないと……。

ただ、生命活動の維持はできるため、こうして病院の一室で、目覚めるのを待ち続けているのだ。

俺なんかを庇ったばっかりに、佑は目覚めなくなってしまった。

英雄が犠牲になり、残ったのは出来損ない。

当然、周囲からの目は冷たかった。

張本のような言葉は、何度も浴びせられてきた。

でも、それらは事実であり、俺が受け入れる罰なのだ。

何より、今の俺はそんなことを気にしている余裕はない。

「……諦めないからな」

俺が攻略者を目指す理由……それは、佑を救うためだ。

現在の医療技術や、回復スキルでは佑を治癒することはできない。

しかし、佑を襲った魔物や、その魔物が生息するダンジョンの素材などを使えば、佑を回復できる可能性があるのだ。

それに、ダンジョンから手に入るアイテムの中には、どんな病でも治すことができる薬もあると聞いていた。

スキルと医療がダメなら、ダンジョンを頼るしかない。

だが、そのダンジョンは、自然消滅してしまった。

それこそ、東京変異の時と同じだ。

どうしていきなり現れ、いきなり消えたのか……その理由は分からない。

しかし、そんなことよりも、俺はダンジョンを攻略し、佑を救うための手段を見つける必要があるのだ。

「……待っててくれ。俺が、必ず……」

静かに眠る弟を前に、俺は改めて決意するのだった。

＊＊＊

「ハアッ！」

放課後。

俺は訓練場で、自主練をしていた。

レベルアップをすることができない俺は、こうして自主練を繰り返し、少しでも戦闘技術を磨くしかない。

訓練用の剣を手に、何度も人型の的に剣を振り下ろす。

低レベルのダンジョンでは、ゴブリンやオークといった人型の魔物も多いため、この的はそういった魔物の急所を狙うための訓練に使われていた。

そして力のない俺は、その急所をとにかく的確に狙えるよう、ただただ繰り返し練習するしかない。

……周りから見れば、無駄な足掻きに見えるだろうが、それでも止めるつもりはなかった。

こうして自主練を続けていると、いつの間にかいい時間になっており、見回りの警備員さんがやって来る。

「そろそろ時間だよ」

「あ……すみません」

「いつも通り、表口を閉めた後、裏口もよろしくね」

訓練場を使う人は何人かいるが、こうして閉館まで残っているのは俺だけであり、気付けば警備員さんと顔なじみになっていた。

そのため、訓練場の施錠を頼まれるようになったのである。

ひとまず身支度を整え、訓練場を整備した俺は、警備員さんに言われた通り表口を閉めると、そのまま裏口から出ようとした。

その瞬間、その裏口付近で声が聞こえてくる。

「――――いよいよ明日だな」

「！」

その声は、張本のものだった。

そう言えば、アイツらに虐められるときは、毎回訓練場の裏だったな……。

時間いっぱいまで訓練場を使うようになった俺は裏口を使う機会があるが、他の人間はそうない。

故に、人の気配もないため、人目を避けて虐めるには絶好の場所なのだ。

……ここで絡まれたら面倒だ。コイツらが消えるまで待つか……。

そう思い、一度その場から離れようとした時だった。


「これで、園田のヤツをいたぶれるぜ」


「!?」

コイツら……今、何て言った？

千夏をいたぶる？

本来なら、千夏はA級のスキルを持つ覚醒者であり、張本が敵うような存在じゃない。

何より千夏はレベルも高いため、張本が敵う要素は一つもなかった。

それなのに、張本たちのこの自信は……。

何かあると察した俺は、息を殺し、聞き耳を立てた。

「それよりも、見せてくれ」

「ああ、いいぜ。……これだ」

「へぇ……これが……」

何かを見せているようだが、それが何なのかは中々口にしない。

「それで？　使い方は？」

「簡単だ。コイツを園田に振りかけてやれば、それで終わりだ」

「ん？　飲ませるとかじゃないのか？」

「ああ。コイツの原料には魔石が使われてて、覚醒者が相手なら、皮膚からも吸収されるからな。ただ、揮発性が高いから、開けたらすぐに使わねぇと効果がなくなる」

「なるほど……」

「とにかく、一度振りかけちまえば、後は園田を好きにできるってわけだ」

俺は張本たちの言葉を聞きつつ、必死にその中身を考えた。

揮発性のある液体……それに、原料は魔石だと？

そこまで考えた俺は、一つの答えにたどり着いた。

コイツら……【禁薬】に手を出したのか……！

【禁薬】とは、東京変異以降に登場した薬物であり、その名の通り製造はおろか、取引すら禁止されている。

この薬物には魔石が使われており、覚醒者には高い効果を発揮するのだ。

そして、その効果とは、相手の意識を奪ったり、酩酊させたり、物によっては媚薬効果があったりなど、様々だ。

ただそれだけの効果ならまだ【禁薬】などと物々しい言われ方をしていないだろう。

この薬の一番ヤバイ点は、使われた覚醒者は、体内の魔力が暴走し、中毒症状や廃人のような、まともな状態じゃいられなくなる点だ。

故に、日本だけでなく、世界各国でその取扱いが厳しく取り締まられているのである。

そんなヤバイ代物を、張本たちは手に入れたと言うのか!?

いくら千夏がA級の覚醒者とはいえ、張本たち全員でかかられてしまえば、薬を振りかけられる可能性は高い。

クソッ……こんなことなら、録音でもしておけば……！

……いや、今からでも遅くはない。

俺は静かにスマホを操作すると、録音を開始する。

なんとかして千夏や先生たちにこのことを伝えたいが、今動いて物音を立てれば、張本たちに気付かれてしまう。

俺は息を殺し、録音しながらその場で張本たちが消えるのを待った。

だが……。

「さて……ブツも確認したことだし、明日に備えて帰ろうぜ」

「ああ。てか、誰かに聞かれたりしてねぇだろうな?」

「ん? 集まった時は誰の気配もなかったぜ」

「物が物だ。田中《たなか》、一応スキル使え」

「えー? まあいいけどよ」

「!?」

不味い!

俺はその場から急いで離れようとした。

しかし……。

「お、おい! 近くに人がいるぞ!」

「何!?」

張本の取り巻きのスキルによって、俺の存在がバレてしまった。

俺は急いでその場から駆け出し、表口へと向かう。

「待てよ!」

「がっ!?」

その瞬間、俺の背中に凄まじい衝撃が走った。

その衝撃により、俺は顔から倒れ込むと、張本たちが俺を囲むように現れる。

「まさか、テメェに聴かれるとはなぁ」

「ぐっ……何のことだ？」

とぼけて見せるが、張本は視線を鋭くし、俺の腹に蹴りを入れる。

「がはっ!?」

「見え透いた嘘ついてんじゃねぇよ。聴いたんだろ？　俺たちの話をよぉ」

「……」

俺が黙っていると、張本は取り巻きに顎で指示を出す。

次の瞬間、目に見えない何かが、俺の顔面に直撃した。

「ぶっ!?」

今のは……魔法か……。

俺が逃げた際、背中に受けたのも、同じ魔法だろう。

魔法は、【属性魔法】のようにスキルとして発現すると、スキル保有者の魔力量に応じて、自由にその属性の魔法を発現することができるのだ。

その魔法の内容はまさに無限大で、自身の想像力と魔力さえあれば、何でもできる。

そんな強力な力だからこそ、魔法を使える人間は少なかった。

そして俺が受けた攻撃は、【無属性魔法】によるものだろう。

俺が必死に意識を繋ぎとめ、その場に蹲っていると、張本が俺の髪を掴み、引っ張り上げる。

「残念だったなぁ？　今ここには、お前を守ってくれる園田はいねぇよ」

「っ……犯罪、だぞ……！」

なんとか声を振り絞り、そう口にするが、張本はいやらしく笑った。

「やっぱり聞こえてんじゃねぇか。だが、残念だったな？　一度使っちまえば、こっちのもんだ。知ってるか？　何で【禁薬】だなんて呼ばれてるか……」

「……」

睨むことしかできない俺に対し、張本は笑みを深めた。

「絶対にバレない薬だからだよ」

……張本の言葉は本当だった。

【禁薬】はその効果もそうだが、人目に付かない場所で使われてしまえば、証拠が残らないのだ。

当然、被害者がいる以上、その被害者から薬の効果は認識されるだろう。

しかし、その薬が入っていた容器も、ひとたび開けてしまえばすぐに揮発し、世界の魔力と同化してしまうため、薬を使ったという証拠が手に入らないのだ。

　すると、張本は懐から小瓶を取り出した。

　その小瓶には、ピンク色の液体が入っている。

「見ろよ、綺麗だろ？　これが、あのクソ女を絶望させる薬だ。これさえあれば、どんなに強いヤツでも、一瞬で廃人となる。これを使って、お前の幼馴染を滅茶苦茶にしてやるよ」

「どうして、そんなことを……」

「そりゃあムカつくからに決まってるだろ？」

　狂ってる……。

　張本は、そんな滅茶苦茶な理由で千夏を……！

　俺がさらに睨みつけると、張本はますます笑みを深めた。

「悔しいか？　でも残念だったな。お前には止められねぇよ。明日にはすべてが終わる。そしてお前は……ここで痛めつけて、病院にでも行ってもらうからよぉ！」

　コイツの言う通り、ここで気を失い、病院送りになったら、もう止める機会はない。

「さて、話は終わりだ。テメェら、適当に痛めつけるぞ」

　張本が俺の髪から手を離し、立ち上がろうとした瞬間だった。

「っ……ああああああああ！」

「なっ!?　て、テメェ！」

俺は全力で体を動かすと、そのまま張本に抱き着く。

そして、驚く張本の隙を突き、【禁薬】を奪い取った。

しかし、すぐに張本は俺に【禁薬】を奪われたことに気付くと、激昂する。

「雑魚のくせになめんじゃねぇ！」

「がはっ！」

鋭い蹴りが、俺の腹に突き刺さり、大きく吹き飛ばされる。

それでも俺は、手にした【禁薬】を離すまいと、必死に握りこむ。

だが……これじゃダメだ。

張本たちよりレベルの低い俺では、すぐにでも力づくで奪われてしまう。

それなら……！

俺は震える手で、小瓶の蓋を開けると、その場にぶちまけた。

「なっ……て、テメェ……！」

【禁薬】は、一度封を開ければ、すぐに使わなければ揮発してしまう。

それを分かっていたからこその行動だった。

どうやってこの薬を手に入れたのかは知らないが、そう簡単に手に入れられるとは思えない。

つまり、この一本を無駄にすれば、なんとかなると考えたのだ。

すると、目の前で【禁薬】を無駄にされたことで、張本の怒りは頂点に達する。

「……おい。楽に死ねると思うなよ」

「っ……ぐほあっ!?」

それは、突然だった。

俺の腹部に、凄まじい衝撃が走ると、そのまま訓練場の壁に激突する。

今のは……無属性魔法か。

レベルが上がれば、魔力の流れも感知できるようになるらしいが、レベル1の俺では、無属性魔法を察知する術がない。

そんな見えない攻撃で吹き飛ばされた俺に、さらなる攻撃が来る。

「うらぁっ！」

「がっ！」

今度は脳天に、とんでもない衝撃が走った。

無様に這いつくばる俺の頭に、張本がかかと落としを喰らわせたのだ。

その一撃で頭蓋が陥没し、地面に叩きつけられた衝撃で顔面は骨折した。

すると、張本は俺の髪を引っ掴み、持ち上げると、何度も、何度も地面に顔面を叩きつけてきた。

「テメェごときが……！　この俺の！　邪魔を！　しやがって！」

容赦のない攻撃。

だが――――。

「なっ」

どれだけコイツが怒ろうが、もう【禁薬】はない。

つまり……俺の勝ちだ。

「テメェえええええええええええええええ！」

「――――」

自然と浮かぶ俺の笑みを見て、張本は激昂すると、再度俺の顔を地面に叩きつけた。

その一撃を受け――――俺の意識は途切れるのだった。

＊＊＊

「……ぁ……」

不意に意識が回復した俺。

確か俺は……張本の【禁薬】を無駄にしたところで、アイツにボロボロにされたんだ。

徐々に記憶やらが覚醒したところで、俺は周囲に視線を向けた。

すると、そこは俺の知らない場所で、よく見ると、鉄格子のような物が見える。

それに気付いた俺は、起き上がろうとした。

「うっ!?」

だが、全身の傷は回復していないようで、まともに動くことができない。

それでも、意識が回復したということは、何らかの治療を受けたのだろう。

体の痛みを堪えつつ、改めて自分が寝かされている場所を見て……俺は呆然とした。

「な、何だよ、ここ……」

それは、どう見ても囚人が収監されるような、檻の中だったのだ。

俺は鉄格子に近づくと、声を上げる。

「誰か！　誰かいないか！」

すると、すぐに鉄格子の向こうから、人がやってきた。

「目を覚ましたか」

そこに現れたのは、警察官だった。

ひとまず、状況が飲み込めない俺は、警察官に訊く。

「ここはどこです？」

「留置場だ」

「留置場!?　そんな、どうして俺が……！」

「どうしてだと？　お前が【禁薬】に手を出したからだろうが！」

「なっ!?」

俺が……【禁薬】を!?

「違います！　俺はそんなことしてません！」

「しらばっくれるな！　張本という青年や、その友人たちがお前が【禁薬】を持っていたと言ってるんだぞ！」

「は？」

俺は、警察官の言葉が信じられなかった。

そんな呆然とする俺をよそに、警察官は続ける。

「彼らから通報があったんだよ。お前が【禁薬】を女子生徒に使おうと企んでいたとね。それを彼らは阻止したそうじゃないか」

「違う、違います！　俺はやってません！　張本たちが……！」

逆に俺が、張本たちの企みを止めようとしたのだ。

「そうだ、俺のスマホ！　俺のスマホがあれば、証拠があるはずです！」

「残念だが、お前のスマホは壊れていて使い物にならないそうだ」

「なっ!?」

まさか……張本たちが壊したのか!?

「本当に残念だ。お前のスマホがあれば、【禁薬】の取引に関する何かが残っていたかもしれんが……」

「……違う。俺はやってません！【禁薬】に手を出したのは、張本たちのほうだ！」

俺は必死にそう訴えかけるが、警察官の目は冷たかった。

「どうだか……聞けばお前は、覚醒者の中でも落ちこぼれらしいじゃないか。それゆえに、周りから虐げられていたんだろう？　その結果、【禁薬】を使うことで、その鬱憤を晴らそうとした」

まるでこれが正解だと言わんばかりに、警察官はそう語る。

馬鹿な……俺を虐げていたのは、張本たちだ。

それなのに、どうして……！

怒りに震えていると、新たな人物がやってきた。

ソイツは……。

「目が覚めたみたいだなぁ？」

「張本……！」

なんと、【禁薬】に手を出した張本人である張本だった。

俺は痛む体も忘れ、鉄格子にしがみ付くと、張本は嘲笑する。

「ククク……似合ってるぜ？　犯罪者さんよ」

「お前……！」

すると、警察官が揉み手をしながら、張本に声をかけた。

「張本君！」

「ああ、清水《しみず》さん。お疲れ様です」

「いやいや。しかし、さすがは張本局長の息子さんだ。お手柄だったね」

「いえ、そんなことはありません」

「一つ残念なのが、決定的な証拠が残っていないことだな。もし未開封の【禁薬】があれば、一発だったんだが……」

「仕方ないですよ。捕まえられただけでも良しとしましょう」

なんだ……何が起きているんだ……。

俺は目の前で繰り広げられる二人のやり取りを見て、呆然とした。

「おっと……ここにきたということは、コイツに用があるんだろう？　なら、私は少し席をはずそう」

「ありがとうございます！」

警察官はそう言うと、その場から去っていった。

そして、残された張本は俺のいる檻に近づくと、嗜虐的な笑みを浮かべる。

「知ってるか？　俺の父さん、警察内でも結構偉くってよぉ。お前が犯人だって簡単に信じ込んだぜ？」

「お前……！」

「おいおい、犯罪者は怖ぇなぁ？」

俺は目の前の張本に飛びかかろうとするが、鉄格子はびくともしない。

「最初は計画を邪魔しやがったお前を殺してやろうと思ったが……こうしてみると、本当に憐《あわ》れだな」

「絶対に許さねぇ……！」

激しい怒りで震える俺に対し、張本はさらに笑みを深める。

「許さない？　残念だが、お前はもう終わりだ。なんせ、あの園田グループの令嬢を狙おうとしたんだからなぁ？」

「それはお前が……！」

するると、張本は鉄格子に顔を近づける。

「お前がどれだけ喚こうが、だーれもお前の言うことなんざ信じてくれねぇよ」

「ッ！」

「じゃ、せいぜい余生は檻の中で過ごしな。園田のヤツは……また機を見て狙うからよ」

「張本……張本おおおおおあ！」

絶叫する俺に対し、張本は高笑いしながら去っていった。

＊＊＊

張本が来てから、数日が経過した。

俺は未だに、留置場から出ることができていない。

何度も取り調べが行われるが、俺がどれだけ否定しようが、向こうは聴く耳を持たなかった。

それどころか……。

「お前か。英雄を殺しかけて、生き残った出来損ないってヤツはよ」

「片や英雄、片や犯罪者。まったく……眠ったままの弟さんが浮かばれねぇよ」

「お前が死にかけてりゃ、今頃英雄の弟がもっとダンジョンをクリアして、日本は平和になってただろうにな」

俺を出来損ないの兄として、何度も罵倒した。

それでも俺は、冤罪だと訴え続けた。

そんなある日、張本に「清水」と呼ばれていた警察官がやって来る。

「お前に客だ」

「？」

俺に客……？

訳も分からないまま、面会室に向かうと、そこには一人の中年男性の姿が。

「貴方は……」

そこに座っていたのは、園田竜太郎《りゅうたろう》……千夏の父親だった。

竜太郎さんは、東京変異以降、魔石や攻略者関連の技術で業績を伸ばした、超巨大企業グループのトップだ。

驚きつつも、竜太郎さんと向かい合う形で座ると、竜太郎さんが口を開いた。

「――――失望したよ」

その声には何の感情も籠っておらず、俺を見つめる視線はどこまでも冷たい。

「千夏の幼馴染として、家族ぐるみの付き合いもあったが……まさか君が、【禁薬】に手を出し、ウチの娘に使おうとするとはね」

大企業のトップを務める者の気配というか、凄まじい圧が俺を襲う。

だが、この圧に負けるわけにはいかない。

「違います！　俺は【禁薬】に手を出していません！　張本たちです！」

「そうか。しかし、【禁薬】が入っていたという小瓶は、君が握りしめていたらしいが？」

「それは……！」

確かに、俺は張本から奪い返されないように小瓶を握っていた。

さらに弁解しようとしたが、竜太郎さんは手で制してきた。

「いや、いい。君の話を聞くことはない。今日はただ、君に一つ、伝えるためにきただけだ」

そう言うと、竜太郎さんはさらに鋭い視線を俺に向けた。

「――――二度と、ウチの娘に関わるな」

「！」

俺は竜太郎さんの言葉に目を見開く。

「どうしてですか!?　俺はやってません！」

「この際、君が【禁薬】を手にしたかどうかは関係ない。佑君がいた頃ならともかく、もう君と千夏では、住む世界が違うんだ」

「な……」

「千夏は君を気にかけているようだが……千夏の将来に、君は邪魔なんだよ」

「……」

竜太郎さんの言う通り、俺は出来損ないで、千夏はA級スキルを持つ覚醒者だ。

そして……。

「まあいい。最後の縁として、ここから君を出してやろう。その代わり、二度と千夏には近づかないでくれ」

「俺は……」

「それだけだ。ではな」

竜太郎さんはそう告げると、そのまま去っていくのだった。

＊＊＊

――――それからは簡単だった。

竜太郎さんの言った通り、俺はすぐに釈放されることになったのだ。

だが……俺は、多くのものを失うことになった。

まず学校は退学。

俺がどれだけ無実を訴えても、学校は取り合ってすらくれない。

学校としては、問題となった生徒を、これ以上抱え込むことはしたくないという判断だった。

というのも、俺が留置されていた間に、今回の件が事件として報道されたのだ。

なんせ俺は、英雄である佑の兄だ。

メディアの連中からすれば、格好の的でしかないだろう。

中には、あることないこと書き連ね、何の関係もない佑にすら、攻撃するような報道も出てくる。

その結果、釈放されても俺は、周囲から侮蔑の目で見られるようになった。

「おい、アイツ……宇内護だ」

「【禁薬】を使って、女に手を出そうとしたんだろ？　最低だよな」

「でも、証拠はなかったんだよな？」

「知らねぇのか？　【禁薬】は証拠が残りにくいんだよ」

「でもそんな薬、どこで手に入れたんだ？」

「英雄の兄だぜ？　それくらい簡単に手に入るだろ。それこそ、英雄様も案外【禁薬】に手を出してたかもな」

どこを歩いても、どこに行っても、俺は歓迎されない。

元々、東攻では寮生活だったため、どこかで一人暮らしをしたいと考えても、どこの不動産会社も相手にしてくれなかった。

当てもなく歩いていると、雨が降って来る。

「……」

俺は、ただ無感情に雨を見つめた。

――――無力だ。

どうしようもないほど、俺は無力だ。

そして、そんな無力な自分が……死ぬほど憎い。

周りの視線なんざ、どうだっていい。

だが、俺のせいで……今まで頑張ってきた佑も否定され、いわれのない罪をかぶせられている現状が、許せなかった。

でも、俺にはどうすることもできない。

俺には、力がないから。

雨に打たれながら歩いていると、いつの間にかとある公園にたどり着いていた。

「ここは……」

そこは、まだ世界が平和だったころ。

佑や千夏と一緒に遊んだ公園だった。

俺はフラフラとドーム型遊具の中に入ると、座り込む。

「これから、どうするかな……」

俺の目標は、佑を助けること。

そのためには、なんとしてでも攻略者になり、ダンジョンを攻略していく必要がある。

佑を襲った魔物を見つけ、解毒薬を作るか、佑を回復させられるアイテムを見つけるためだ。

だが、その道も絶たれてしまった。

攻略者になるには、攻略者の試験を受け、ライセンスを取得する必要がある。

そして、そのライセンスを取得するために、東攻のような学校が存在するのだ。

もちろん、学校に通わなくてもライセンスを取ろうと思えば取れる。

ただ、東攻にいた頃ですら、ライセンスの取得が厳しかったというのに、レベルアップもできず、スキルもまともに使えない俺では、学校の力がなければ合格することはまず不可能だろう。

しかし、だからと言って、諦められるわけがない。

「クソッ……どうすれば……！」

俺は感情に任せ、遊具の壁を叩いた。

すると、突然だった。

「っ⁉」

不意に、背後に凄まじい気配を感じ取ったのだ。

慌てて背後に視線を向けると……なんとそこには黒い渦が。

「なっ……ダンジョン⁉」

ここにきた時は、この渦は存在しなかった。

つまり、たった今出現したダンジョンというわけだ。

しかも……。

「何だよ、この魔力……！」

普段、魔力を感知できない俺ですら、目の前のダンジョンから漏れ出る魔力を感じ取ることができるのだ。

――――ダンジョンの難易度は、スキルと同じように、アルファベットで定められている。

そして、その難易度は、ダンジョンの外側に溢れ出る魔力量で決まるのだ。

ダンジョンから測定される魔力が強力であればあるほど、内部の魔物も強くなる。

そんな中、俺が東攻にいた頃に潜ったダンジョンは、せいぜいF級だ。

しかしどう見ても、目の前のダンジョンはE級以上だろう。

何もかもが出来損ないの俺では、このダンジョンを攻略しようだなんて、自殺行為だ。

本来、新たなダンジョンが発見されれば、ダンジョン管理局と呼ばれる場所に連絡する必要がある。

だが、張本にスマホを壊されていた俺には、連絡する手段がなかった。

「……ひとまず、ここから離れよう」

俺はそう決めると、ドーム型の遊具から出ようとした。

しかし――――。

「なっ!?」

突然、俺の体が、思いっきりダンジョンへと引っ張られた。

その場に踏みとどまり、視線をダンジョンに向けると、なんとダンジョンが俺を吸い込むように、激しく渦巻いているのだ。

なんだ、これは……!

ダンジョンから魔物が溢れ出ることはあっても、ダンジョンに引っ張られるなんて、聞いたことがない!

必死に堪えようとするが、徐々に吸引する力は強くなり、ついに耐え切れなくなった。

「うあああああああ!」

――こうして俺は、どうすることもできず、ダンジョンに吸い込まれてしまうのだった。

＊＊＊

――護が消えた。

ある日、いつも通り学校に向かった私――園田千夏は、護が来ていないことに首を傾げていた。

「どうしたんだろう？　体調でも崩したのかな？」

昨日は元気そうだったのに……。

もし体調を崩してるなら、様子を見に行かなくちゃ。

というのも、アイツは今一人暮らしで、体調を崩しているのだとしたら、色々大変だと思ったからだ。

――そんなお節介をしてしまう私と護は、小さいころからの付き合いで、いわゆる幼馴染というやつだった。

お互いに家が近く、よく弟の佑を交えた三人で、近くの公園で遊んだのだ。

昔から何かと器用だった護は、皆の人気者だったし、そんな護に私は、憧れのような気持ちを抱いていた。

そして佑もまた、兄の護を慕っていたのだ。

しかし六年前。

あの地獄――東京変異で、すべてが変わった。

突如現れたダンジョンに魔物、スキルに覚醒者など、世界は激変したのだ。

そして護たちは東京変異で両親を失い、弟の佑は世界初のS級スキルの覚醒者となった。

私も運よくA級スキルに覚醒した。

そして護も特殊なスキルに覚醒したものの……その効果は未だに不明。

その上、護は覚醒者でありながら何故かレベルも上がらない。

だからこそ、護は一般人と交ざって生活をしていた。

私自身も、お父さんが起業し、いつの間にか生活も大きく変わったのだ。

こうして私たちはいつの間にか疎遠になり、数年が経過したころ。

――佑が、目覚めなくなった。

二度目の変異が護の通っていた学校で起き、そこの魔物に襲われた護を庇い、佑は倒されたのだ。

幸い傷は回復したものの、何らかの毒か呪いを受けたようで、未だに眠り続けている。

そこから護は攻略者としての道を選び、この東攻で再会することになったのだ。

ふと、護との出会いを思い返していると、担任の先生がやって来る。

そして、先生は私たちを見渡し、淡々と口を開いた。

「――宇内護が、退学することとなった」

「え？」

私は、先生の言葉に目を見開く。

護が……退学？

そんな馬鹿な……確かに護は実技の成績は低い。

だが、まだ退学させられるような状況じゃなかったはずだ。

困惑する中、先生はさらに信じられないことを口にする。

「アイツは【禁薬】に手を出した」

『！』

その言葉に、教室中が騒然とした。

護が【禁薬】!?

一体何が、どうしてそんなことに……！

訳が分からず呆然とするが、その間にも先生は色々語っていく。

「アイツは卑劣にも、園田に手を出そうとした。とても許されることではない」

「!?」

護が……私に？

余りにも話が衝撃的すぎて、それ以降の先生の話は頭に入ってこなかった。

……護が、【禁薬】に手を出した？

そんなこと、あるわけがない！

「先生！　何かの間違いです！　護がそんなことするはずありません！」

私はすぐにそう声を上げるも、先生は私に憐れみの視線を向ける。

「園田。君の気持ちは分かるが、これは事実だ。張本たちが偶然、宇内が【禁薬】を手にした場面に遭遇し、それを止めたんだよ。まったく、父親に似て立派な人間だ」

「な……」

私は驚きを隠せないまま、張本たちに視線を向ける。

すると張本は、どこか照れた様子で答えた。

「先生、大袈裟ですよ。俺はただ、当たり前のことをしただけです」

一見、謙虚な態度に見える張本。

しかし、張本が一瞬ほくそ笑んだのを、私は見逃さなかった。

アイツ、まさか……！

何が起きたのか、詳しいことは分からない。

ただ、護は張本にハメられたのだ。

そうじゃないと、護が【禁薬】に手を出すなんて考えられなかった。

「アイツ、いつか犯罪に手を染めると思ってたんだよな」

「そーそー。どうせ自分が無能なことを棚上げにして、園田さんに嫉妬したんだろ？」

「しかもよりにもよって【禁薬】に手を出すとか、マジ最低だな」

「園田さん、大丈夫？　本当に最悪だよね」

「違う……護はそんなこと、絶対にしない……！」

そんな私の想いとは裏腹に、生徒たちはすでに護が犯罪者だと考え始め、誰も私の言葉を聞いてくれない。

本当のことを聞こうにも、護はすでに退学しており、その後家も訪れたが、護は追い出され、姿を消した後だった。

結局その日はまったく授業に集中できず、呆然としたまま帰宅した。


「千夏。アイツには二度と関わるな」

するといつもより早い時間に家に帰って来たお父さんがこんなことを言いだした。

「アイツって……」

「あの宇内の小僧だよ」

「そんな！　どうしてお父さんまで!?」

私はお父さんの言葉が信じられなかった。

だって……お父さんも昔は、護たちの家族と一緒に過ごしたのに……！

「お前に【禁薬】を使おうとするようなヤツだぞ？　信じられるわけがないだろう」

「護はそんなことをしないって知ってるでしょ!?」

「どうだかな……弟の佑君はともかく、アイツはこの時代に乗り損ねた落ちこぼれだ。それに対してお前はA級の覚醒者。もう住む世界が違うんだよ」

「おかしいよ……どうしてそんなこと……」

私は何度もお父さんに言葉を投げかけたが、そのすべては切り捨てられ、一切聴く耳を持ってもらえなかった。

……その後、この件は大々的にニュースで取り上げられることになった。

なんせ護は、英雄である佑の兄なのだ。

その兄のスキャンダルを、メディアが放っておくはずがない。

そして当然、狙われた張本人として、メディアから取材の依頼があった。

本当は受けたくもなかったが、ここで護のことを伝えれば、何かが変わるはず……。

そう信じて、私は取材を受けることに。
だが結局、メディアも私の言葉は一切聞いてくれなかった。
メディアが欲しがったのは、護の悪事。
それが本当かどうかは、もはやどうでもいいのだ。
結果、私の訴えはすべてもみ消された。
どうして……どうして、誰も話を聞いてくれないの……。
護はただ、佑のために必死になってるだけなのに……！
どうしようもなく無力な私が、憎くてたまらない。
「護……」
一体、どこにいるの……。
――――こうして、護は世間から非難を浴びることになるのだった。

＊＊＊

「っつ……あ、ここは……」

吸い込まれたダンジョンの中は、薄暗い洞窟だった。

ひとまず俺は、ダンジョンから出ようと、背後に視線を向ける。

しかし……。

「な……出口がない!?」

なんと、俺が入ってきた出入り口が、綺麗に消えていたのだ。

しかも、背後は行き止まり。

こんな状況、あり得ない。

東攻で勉強していた頃でさえ、こんな現象が起こったなんて話は聞いたことがなかった。

俺は行き止まりの壁を念入りに調べ、どうにか出入り口に繋がる物がないかを探す。

「クソッ！　どうしてこんなことに……！」

いずれは、ダンジョンを攻略していくつもりだった。

だが、まだ何の力もない俺が、いきなり挑戦できるようなものではない。

何より、今の俺は武器すら持っていないのだ。

もし、こんな状態で魔物に襲われたら――――。

「――――グルル……」

「ッ!?」

耳に届いた唸り声。

慌てて視線を向けると、そこには涎を垂らした狼のような魔物が。

コイツは……【餓狼】!?

その名の通り、常に飢えている狼型の魔物で、その強さはなんと──D級だ。

「馬鹿な！　それじゃあ、このダンジョンは……！」

驚き、慄く俺に対し、餓狼の背後から、さらに餓狼が姿を現す。

この餓狼は、群れで行動する習性があるのだ。

こんな絶望的な状況、普通であれば、すぐにでも逃げ出すだろう。

しかし、背後は行き止まりで逃げ場はなく、どうすることもできない。

戦おうにも、俺はレベル1であり、武器すらなかった。

すると次の瞬間、先頭にいた餓狼の姿が消えた。

「え──ぎゃあああああああ！」

目の前の餓狼が消えたかと思うと、俺の右腕が……食い千切られたのだ。

「ガルルル……ウォオオオオン！」

「グアアアアアア！」

「ガウガアアアア！」

「ひっ！」

尻もちをつき、後ずさる俺に対し、餓狼は容赦なく群がる。

そして、そのまま俺の左腕や両足、体などを食べ始めた。

「あ、があ、げ！　や、やべ……！」

抵抗しようとしても、レベル１の俺では、餓狼の力に勝てるどころか、その動きすら見ることができない。

そして、餓狼はそんな俺をよそに、どんどん体を貪っていく。

――ああ、俺、ここで死ぬのか。

もうすでに俺の両手足は存在せず、体も半分以上喰われた。

どうしたって、生き残ることは不可能だろう。

そんな死を目前にして、俺の脳裏に浮かんだのは……佑のことだった。

両親を失い、二人で支え合わなきゃいけないというのに、俺には何の力もなく、ただ佑に助けられるだけ。

そして俺を庇い……佑は眠ったままになった。

佑を絶対に助けると誓ったのに……。

遠のく意識の中、涙が零れ落ちる。

すると、そんな俺を嘲笑うように、餓狼は口を開き――俺を喰ったのだった。

第二章

――ここは、どこだろう。
上下左右、前後、すべてが分からない。
そもそも俺は、生きているのか。
目覚めているのか、眠っているのかも分からない。
ただ心地よく……まるで水面に浮かび、揺蕩《たゆた》うようだ。

『――』

……？
なんだろう……。

『――きろ』

声が、聞こえたような……。

『――――起きろ！』

＊＊＊

「ッ！」

俺は目を覚ますと、その場から飛び起きた。

「ハッ……ハッ……ハッ……」

全身から汗を流し、激しい動悸が俺を襲う。

俺は確か……餓狼に喰われたはずだ。

それなのに……。

全身をくまなく確認するが、衣服だけでなく、体に傷一つすらなかった。

訳の分からない状態に混乱していると、不意に声がかかる。

『ようやく起きたか』

「ッ!?」

慌てて声の方向に視線を移すと……俺は目を見開く。

何故なら――――。

『待っていたぞ、最後の英雄よ』

――無数の人間が、俺を見つめていたからだ。

目の前にいる人たちは、騎士のような格好をしていたり、はたまた物語に登場するような魔法使いの格好だったりと、実に様々だ。

それはまるで、コスプレ会場に迷い込んだようでもある。

そんな人たちの視線を、一身に受けるのだ。驚かない方が無理だろう。

何が起こっているのか分からず、呆然としていると、先ほどの声の主である男性が、口を開いた。

『ふむ……最後の英雄にしては、ずいぶんと貧相だな』

筋骨隆々の、鍛え抜かれた上半身を晒すその男性は、俺をじろじろと見つめる。

すると、大きな魔女帽子をかぶった、妖艶な女性が声を上げた。

『まあそう言わないの。だってこの子の世界には、魔物なんていなかったのよ？』

『……それもそうだな。我々が鍛えるのだ、関係ないか』

何やら話が進んでいるが、俺には何も分からない。

「あ、あの……ここは一体……それに俺、死にかけていたと思うんですけど、誰かが回復してくれたんですか？」

……自分でそう言っておきながら、それはあり得ないだろうと思っていた。

あそこまで喰われてしまえば、Ｓ級のヒーラーですら、完全に回復させることは不可能だろう。

するとと、妖艶な魔女が、柔らかく微笑む。

『安心して。ここは、貴方のスキルの世界だから』

「え……す、スキル？」

予想外の言葉に驚くと、男性が続けた。

『そうだ。ここは、【アウター】によって滅ぼされた、数多の世界の英霊が集う場所――【英霊たちの宴】だ』

「！」

こ、ここが俺の……【英霊たちの宴】の世界？

それに、【アウター】や世界の英霊ってなんだ!?

ただただ混乱し、パニックになる俺。

すると、妖艶な魔女が手を振るった。

『少し落ち着きなさい』

「あ……」

その瞬間、魔女の手から放たれた青い光が、俺の体に染み込み、気付けば困惑していた俺の感情が落ち着いた。

「これは……」

『鎮静の魔法よ。ひとまず、私たちや、ここについて説明するわ』

「は、はい」

魔女の魔法によって落ち着いた俺は、改めて状況の説明を受けることになった。

『まずさっきも話した通り……ここは貴方のスキル【英霊たちの宴】によって作り出された世界よ。そして私たちは、【アウター】と戦い、散っていった存在ってわけ』

「そ、その……【アウター】って何ですか……？」

『貴方の世界で、異変を引き起こした黒幕よ』

「なっ⁉」

俺は魔女の言葉に絶句した。

『貴方の世界にダンジョンが現れたのも、魔物が現れたのも全部、【アウター】の仕業なの』

「そんな……どうしてそんなことを⁉」

またも感情が高ぶる俺に対し、まるで侍のような男性が、軽い口調で口を開いた。

『そんなもの、知らねぇよ』

「え？」

『ヤツらはいきなり現れ、俺たちの世界を次々と侵略していった。知ってるか？ お前らが攻略してるダンジョンってのは、【アウター】が滅ぼした世界なんだぜ？ 適当に支配下に置いた世界を、お前らの世界と繋げて、侵略してんだよ』

「そ、そんな連中がいるなら、どうしてそんな回りくどいことを……」

俺がそう言うと、魔女が話を引き継いだ。

『それはね、世界の意思が関わってるからよ』

「世界の、意思？」

『そうよ。貴方は知らないでしょうけど、すべての世界には、それぞれ意思がある。だからこそ、世界は【アウター】の侵略を防ごうとしているの。その結果、直接降臨できない【アウター】は、支配下に置いた世界をダンジョンとして繋げ、侵略する世界の力を削いでいく……そして力を失った世界は、最後には【アウター】に支配されるってわけ』

俺は今、とんでもない話を聞かされている。

当然、地球ではダンジョンの出現の原因など、様々な議論がされていた。

しかし、【アウター】なんて名の存在は、聞いたことがない。

俺たちの知っていた部分なんてものは、ほんの一部に過ぎなかったのだ。

『ともかく、ヤツらはいきなり現れて、私たちの世界を滅ぼしていったわ。でも、世界もやられっ放しじゃない。各世界は最後の力を振り絞り、私たちのような英霊を、この【英霊たちの宴】に逃がし、【アウター】に見つからないように隔離したの。そして、最後の世界であり、最後の英雄である貴方に……このスキルが宿った』

「さ、最後の世界？」

驚く俺に対し、上半身裸の男性は頷く。

『そうだ。もう残る世界は、お前の暮らす地球だけだ』

「なっ⁉」

俺は絶句するしかなかった。

どれだけの世界があったのかは知らないが、それらすべてがすでに【アウター】によって、支配されているというのだ。

「どうして俺なんですか？　俺には何の才能もないのに……」

ようやくスキルの効果が発動したものの、未だにその有用性は分かっていないし、何より俺は、レベルアップもできない欠陥品なのだ。

すると、魔女は他の英霊たちと顔を見合わせ、再び俺に視線を向けた。

『何を言ってるの？　このスキルこそが、貴方の才能じゃない』

「俺の、才能？」

『そうよ。このスキルは、たった一人……貴方のためだけに用意されたもの。他の人じゃダメ。他の人がこのスキルを持つと、その力に耐え切れず、死んでしまうわ。だから貴方じゃないと、このスキルは発現しないのよ』

「俺に、どうしてそんな……」

ダンジョンなんてものが出現する前は、ごく普通の家庭で育っただけの、一般人だ。

昔はある程度は器用に色々できたが、世界一の天才というわけでも、苦手がなかったわけでもない。

　すると、侍の男性が、面倒くさそうに口を開く。

『それこそ理由なんてねぇよ。俺は刀を扱う才能があるが、どうしてその才能があったのかなんて分かるわけがねぇ』

『そうね。私も魔法の才能があったけど、その才能があった理由なんて知らないわ』

『大事なのは才能を持つ理由じゃない。それをどう扱うかだ』

「扱う……」

　上半身裸の男性の言葉を、俺は噛みしめた。

　ただ……。

「でも俺、その才能を使う前に、死んだはず……」

　そう、こうして英霊たちと会話しているが、俺は死んだはずだ。

　というより、英霊と会話している以上、俺も死んだと考えた方がいいだろう。

　すると、魔女は面白そうに笑った。

『安心して。確かに貴方は死んだけど、生き返るから』

「は？　い、生き返る!?」

『ええ。それこそが、【英霊たちの宴】の効果よ。元の世界に戻れば自ずと悟ると思うけど、効果は、死ぬたびにこの世界に送られるってもの。そして、一定時間が経つと、元の世界で復活するのよ』

「なっ!? そ、そんな滅茶苦茶なスキルだったのか!?」

驚く俺に対し、魔女は頷いた。

『当然でしょう? このスキルこそが、【アウター】に対抗するための――最後の希望なんだから』

「……」

唖然とする俺。

だが、すぐに思い直す。

「……いや、確かにすごいけど、生き返ったところで何の意味もない。俺には力がないんですから」

『何を言っている? そのための我らだ』

「え?」

驚く俺に対し、魔女は続けた。

『言ったでしょ? 復活は一定時間が経ってからって。その復活するまでの間、私たちが貴方を鍛えるのよ』

「そ、そんなに時間があるんですか?」

せいぜい、五分とか十分程度の話だと思っていたが……。

『貴方のスキルはまだレベル1だから……恐らく十年かしら？』

「十年⁉」

予想以上の時間に、俺は目を剥いた。

「そ、それじゃあ、俺が復活したら、十年後の世界なんですか⁉」

さすがにそれは困る！

十年も経過していると、佑がどうなっているかも分からない。

いや、もしかすると、治療法が見つかってる可能性もあるが……。

『言ったでしょ？　ここは【アウター】に見つからないよう、隔離された世界だって。地球以外の全世界の力が集まってるから、【アウター】にも見つけられない、究極の世界よ？　当然、外の世界の時間とも隔絶されてるから、ここで十年経とうが、向こうでは時間が経っていないのよ。ここの世界でいくら時間が流れようと、貴方は歳をとらないわ』

『そんな中でも、修行の成果はしっかりと発揮される。まさに、修行するにはこれ以上ない環境というわけだ』

「！」

驚く俺に対し、上半身裸の男性は真剣な表情で俺を見た。

『それで、どうだ？　お前には――強くなる覚悟はあるか？』

「……」

俺は、ふと自分の手を見つめた。

何も守れず、無力な俺の手を。

「……俺、レベルアップもできないんですよ？　そんな俺でも……強くなれますか？」

静かにそう問いかけると、上半身裸の男性は不敵に笑った。

『任せるがいい。我々がお前を――最強の英雄にしてやろう！』

俺は自分の手を力強く握りしめると、英霊たちに向け、頭を下げた。

「どうか……よろしくお願いします……！」

――こうして俺は、英霊たちの修行を受けることになるのだった。

＊＊＊

『それじゃ、後は任せるわね』

『ああ』

英霊たちへの弟子入りが決まると、上半身裸の男性を残し、他の英霊たちは溶けるように消えていった。

「え……み、皆さんは……？」

『案ずるな。これからの修行のため、一時的に消えてもらっただけだ』

すると、上半身裸の男性は俺を見据える。

『さて……まだ名乗ってなかったな。我が名はオウシンだ』

「う、宇内護です」

俺も名乗ると、上半身裸の男性……オウシンさんは頷いた。

『うむ。では、修行を始めるわけだが……今回は初めてのスキル発動というだけあって、たった十年しかない。その時間では、我ら英霊すべての技術を叩きこむのは無理だ』

「はい……」

『故に、最初の十年は、基礎となる肉体を作る』

オウシンさんはそう口にしながら指を鳴らした。

「うっ!?」

その次の瞬間、俺を真上から押しつぶさんばかりの、凄まじい圧力がかかった。

な、何だ、この力……！

あまりにも強烈な圧力に、俺は膝をつくと、オウシンさんは続けた。

『今からお前には、この負荷の中で修行をしてもらう』

「なっ!?」

こ、この圧力の中で!?

俺は今、膝をついて耐えているが、とても動けるような状態じゃない。

全身の筋肉が悲鳴を上げ、骨が軋んでいるのだ。

とても長時間耐えられるようなものでもないため、時間が経てば、そのまま地面に這いつくばることになるだろう。

すると、オウシンさんは続けた。

『何をしている？　早く、魔力を活性化させんか』

「ま、魔力を？」

意味が分からずに首を傾げる俺に対し、逆にオウシンさんが怪訝そうな表情を浮かべた。

『まさか、魔力の活性化もできんとでも言うのか？』

「は、はい……」

そもそも魔力は、スキルや魔法を発動させたり、魔力で起動するアイテムに流す以外には使い道はない。

魔法関連のスキルやアイテムがなければ、純粋に身体能力が強化される力でしかないのだ。

故に、スキル以外で魔力を動かすことはまずない。

『……そう言えば、お前の世界は元々魔力がないんだったな』

オウシンさんは呆れた表情を浮かべると、俺に近づき、そのまま背中に手を当ててきた。

そして……。

「なっ!?」

『これが魔力の活性化だ』

なんと、オウシンさんが俺の背中に手を当てた瞬間、俺の体内にある魔力が、文字通り活性化するのが分かった。

なんと言うか……細胞一つ一つに宿る魔力が、そのまま稼働を始め、力が漲《みなぎ》るようなのだ。

すると、俺の感覚が正しいと言わんばかりに、今まで圧力で潰れていた俺の体は動けるようになり、そのまま立ち上がる。

まだかなり動きにくいが……さっきのように潰れそうな感じはしない。

自分の身に何が起きているのか分からず、呆然としていると、オウシンさんは続けた。

『いいか。魔力とは、自身の細胞すべてに結びついている。故に、魔力がない者に比べ、魔力を持つ者の身体能力は凄まじい。しかし、ただ魔力が宿っているだけでは、その身体能力を十全に発揮できていないのだ。魔力を活性化させること……これにより、全身の細胞は本来の力を発揮し、真の力を得る』

「な、なるほど……」

オウシンさんの言葉に頷いていると、不意にオウシンさんが俺の背中から手を離した。

「ぐっ!?」

その瞬間、再び俺の全身に凄まじい力が圧し掛かった。

『今のは、我の補助を得て、一時的に魔力が活性化されていたにすぎん。ここからは、己の力だけで活性化させてみよ』

「う、ぐ……そ、そうは言っても、どうすれば……！」

『知らん』

「え……!?」

『魔力の活性化など、我らからすれば、教えようもない。より魔力を活性化させる【身体強化】ならまだしも、通常の魔力の活性化は、生まれた時からできるのが当たり前だからな』

確かに……オウシンさんからすれば、魔力の活性化は呼吸と同じなのだろう。

だからこそ、俺に教える術がないのだ。

とはいえ、このままでは、潰れてしまう……！

『だが、先ほど我の力で活性化させたのだ。そのうち体が思い出し、活性化するだろう。それまで耐えろ』

「くっ……！」

肺にも圧力がかかり、息苦しい。

このまま抵抗をやめて、潰れてしまった方が楽になるだろうか？

だが、そんなことはしたくなかった。

『ほう？』

俺は絶対に耐え抜いて見せるという意思のもと、歯を食いしばり、この圧力に耐え続けた。

――――それからどれだけの時間が経ったのか分からない。

全身から汗が吹き出し、体は悲鳴を上げていた。

もはや限界……そう思った瞬間だった。

「あ……」

『ようやくか』

突然、圧力が減り、体が軽くなるのが分かった。

それと同時に、俺の体内にある魔力が、全力で稼働しているのを感じる。

気怠《けだる》い中、そのまま立ち上がり、体を見下ろしていると、オウシンさんが口を開いた。

『それが、魔力の活性化だ。己の意思で活性化した以上、これからはその状態が自然と続くだろう』

「な、なるほど……」

『それにしても……お前の世界では、魔力に対する理解がほとんどないのだな』

「理解、ですか？」

俺の言葉に、オウシンさんは頷く。

『ああ。お前の反応を見ている限り、この活性化は知られていないんだろう？』

「は、はい。俺たちの世界では、魔力はスキルや魔法を使う以外では、使うことはありません」

『つまり、【身体強化】も、【魔力操作】も、スキルがなければ使えないと言うのか？』

「そうですね」

俺がそう答えると、オウシンさんは額に手を当てた。

『はぁ……想像以上だな。早くお前を鍛えねば、明日にでも世界が滅びそうだ』

「え!?」

『……冗談だ。今はまだ、地球の力が残っている故、【アウター】も直接降臨はできないだろう。しかし、このままダンジョンを繋げられ続けると、それもどうなるか分からん。故に、お前がすることは、【アウター】の襲来に備え、強くなることだけだ』

「……」

『ちなみに言っておくが、先ほど我の言った【身体強化】や【魔力操作】も、単なる魔力の活性化の応用技術で、スキルなぞ必要ない』

「そうなんですか?」

『今回の修行でそこまで教えられるか分からんが……スキルがなくとも、その程度は習得できる』

オウシンさんはそう言うと、大きなため息を吐いた。

『……というよりも、お前の地球という世界が異常なのだ。世界から与えられた力を、そのまま使うだけで、研鑽しようとする者がいないのか?』

「世界から……?」

またも知らない話題が出て首を傾げると、オウシンさんは頷く。

『そうだ。お前たちの使っているスキルは、世界……この場合地球が、【アウター】から身を守るため、お前たちに授けただけの代物だ。いずれ地球の力が弱まり、【アウター】が襲来しようとも、お前たちが強くなれば、侵略は止められるからな』

「それじゃあ、俺の【英霊たちの宴】も地球から……？」

『お前のスキルは少し違う。【アウター】によって滅ぼされた数多の世界が、極わずかに残した力の結晶だ。故に、【英霊たちの宴】は地球に属するスキルではない。あえて言うのであれば、地球以外のすべての世界から託されたということだ』

「……」

『……まあいい。魔力の活性化が終わったなら、ようやく修行に入れる』

俺は基礎の基礎すらできていなかったので時間がかかったが、ついに修行が始まる。

魔力の活性化で多少動けるようになったが、これでも体に圧し掛かる力は凄まじく、常に全身に負荷がかかり続けているのだ。

この状態で修行をするなんて……果たして耐えられるだろうか……？

そう思っていると、オウシンさんは続けた。

『さて、修行の内容だが……これから我の攻撃を避けてもらう。もちろん、手加減はするがな』

「え？　そ、それだけですか？」

もっと凶悪な修行になるのかと思っていたため、かなりシンプルな内容に驚いた。

しかも、手加減してくれると言うのである。

だが、オウシンさんは獰猛《どうもう》な笑みを浮かべる。

『それだけ、とは言うではないか』

「あ……そ、そういう意味じゃ……！」

『フッ……冗談だ。何はともあれ、避けてみろ』

「……！」

一体、どんな攻撃が飛んでくるんだ？

オウシンさんは手加減してくれると言うが……。

修行というくらいだ、それでも強烈な一撃だろう。

とにかく、オウシンさんの動きを見て――――。

「あぇ……？」

俺は、不意に自分の視界がおかしくなったことに気付いた。

さっきまでオウシンさんと向かい合って立っていたはずなのに、何故か視線が地面に近い。
何より……首がない、俺の体が見えるのは何故だ……？
そこまで考えた瞬間、俺の視界は黒く染まった。

「っ！　ハッ！　ハッ！　ハッ！」

俺は飛び起きると、必死に呼吸を繰り返す。
そして、慌てて自分の首を手で触れた。
さっき、俺は……首を斬られていた。
つまり、死んだのだ。
でも、今の俺はこうして生きている。
なら、さっきの光景は……？
必死に荒い息を整えていると、不敵に笑うオウシンさんが。
『どうした？　お前が避けないから……首が飛んだぞ』
「ッ!?」
――やはり、先ほどの光景は、夢でも幻でもなかったのだ。

俺は今、オウシンさんに首をはねられた。
攻撃を避けるどころか、何が起きたのかすら分からなかった。
呆然とする俺に対し、オウシンさんは続ける。
『ふむ……あの程度でも見えないか。まだ手加減する必要があるようだな』
そして、オウシンさんは軽く手を振るうと、俺に獰猛な笑みを向けて来る。
『さあ……次こそ躱《かわ》してみせろ』
「――――！」
その次の瞬間、オウシンさんの手がブレたのが見えた。
すると、オウシンさんの手から真空刃のような物が飛び出し、俺の首に向かうと
――避ける間もなく、俺はまた、首を飛ばされた。
「ッ!?」
俺は再び視界が暗転したのち、目を覚ます。
また、俺は死んだ。
呆然とする俺に対し、オウシンさんが口を開いた。
『ふむ……今くらいがちょうどよさそうだな。さて、続けよう』
「ッ!? ま、待ってください！」

正気に返った俺は、慌ててオウシンさんにそう言った。

すると、オウシンさんは愉快そうに笑う。

『どうした？』

「俺は――死んだんですか？」

『ああ』

「――」

あっさりと認められたことで、俺は言葉を失った。

たった数瞬の間に、俺はすでに二回も死んだらしい。

その事実に唖然としていると、オウシンさんは続ける。

『安心しろ。ここでは、お前の腕が千切れようが、死のうが、すぐに回復する。それに、空腹もなければ、眠る必要もない。つまり、お前の気力が続く限り、この修行が続くというわけだ』

「……」

こんな状況が、十年も続くというのか……？

その事実に絶句していると、オウシンさんは冷徹に俺を見つめる。

『どうした？　もう怖気づいたか？　まあ無理もない。今までぬるい環境に浸かってきたお前では、修行に耐えることは不可能だろう。怖いなら辞めてもいいが？　まあ……世界が滅ぶさまを見ることになるがな』

「……」

心底馬鹿にした様子でそう告げるオウシンさん。

でも……。

「……いいえ。続けてください」

俺はまっすぐにオウシンさんを見つめる。

すると、オウシンさんも俺の視線を見つめ返し、鼻で笑う。

『……フン。果たしてその根性がどこまで続くか、見ものだな』

そう言うと、再びオウシンさんは手を振るった。

そして、真空刃が発生するところまで見えると――俺は再び首を斬り飛ばされるのだった。

＊＊＊

――あれからどれだけ時間が経っただろう。

何十、何百と首を飛ばされ続けた俺は、諦めずにオウシンさんの攻撃を見つめ、避ける努力をした。

その結果、いつの間にか目の魔力をさらに活性化させるという方法を覚え、オウシンさんの攻撃を見切れるようになったのだ。

しかし、オウシンさんの攻撃が見切れるようになったところで、避けるための体が追い付かず、結果的にさらに首を飛ばされることになる。

それでも、無理やり体を動かすように努力し続けた結果、俺は目だけでなく、全身の魔力をさらに活性化させることに成功した。

これこそが、オウシンさんの言っていた【身体強化】という技術だ。

だが、それよりも俺が有難いと思ったのは、オウシンさんの攻撃を避けるために必死に体に命令をし続けたことで、脳の魔力も活性化し、いわゆる【高速思考】のような技術も手に入れたことだ。

これにより、素早い攻防の中でも、冷静な判断ができるようになった。

こうして初撃が避けられるようになった俺だが、当然それで修行は終わらない。

そこから連続してオウシンさんの攻撃を避け続けることになった。

「ハッ！　ハッ！　ハッ！」

『どうした、息が上がっているぞ』

高負荷の中、全力で走り、オウシンさんの攻撃を避け続ける。

最初の攻撃を避けられるようになってから、休む間もなく走り続けているのだ。

幸い死んでも生き返る環境と、【身体強化】で心臓や肺の機能も強化されたことにより、凄まじい心肺機能を発揮しているが、それでもすでに体が限界を迎えている。

できることなら、このまま倒れ込んで全力で休憩したい。

しかし、弱い俺に……そんなことが許されるわけがないのだ。

こうして高負荷の中、全力で動き続けた俺は、いつの間にか肉体が鍛え上げられ、自分でも驚くほどの力を手に入れたのだ。

必死に体を動かし続けていると……突然、オウシンさんは攻撃を止めた。

「ハァ……ハァ……お、オウシンさん……?」

『時間だ』

「え？」

驚く俺だったが、不意に空間が歪むと、オウシンさんの背後に、魔女を含む他の英霊たちが現れた。

「あ！」

『はぁい、久しぶりね。修行は……って、ずいぶんと逞しくなったわね？』

『ん？　おお、流石オウシンだな。前に会ったときに比べりゃ、かなり見違えたぜ。ま、タマゴから、ようやくヒヨコになったってところだが』

魔女だけでなく、侍の男性も、俺の姿を眺めると、感心した様子でそう口にした。

確かに体は以前とは比べ物にならないほど鍛えられたが、侍の男性の言う通り、まだまだだ。

というのも、オウシンさんはこれでもかというほど、手加減してくれてようやく避けられるようになった程度なのだ。

しかし、それよりも……。

「あの、時間というのは……」

『そのままだ。ここに滞在できる時間……つまり、十年が経過した』

「え？」

も、もう？

そんなに時間が経っていたとは思いもせず、目を見開いた。

俺としては、ただがむしゃらにオウシンさんの攻撃を避け続けていただけなんだが……。

最初は十年は長いと思っていたが、いざ修行を始めると一瞬だったな。

……ん？　いや、ちょっと待て。

本当にこれで終わり⁉

「あ、あの！　俺、ただ避け続けていただけで、戦い方とか、その……教えてもらってないんですが⁉」

そう、俺の目的は強くなること。

確かに最初の頃に比べ、肉体も鍛えられ、魔力も活性化したが、これだけで強くなれたとはとても思えなかった。

「そもそも、本当にここで鍛えたことが、元の世界に反映されるんですか⁉」

『安心してちょうだい。言ったでしょ？　貴方のスキルは特別なの。ちゃんとここでの成果が反映された状態で、生き返るわ』

『そうだ。それに、確かにお前に戦い方は教えていないが……今お前がいるダンジョン程度であれば、まったく問題ない』

『だな。基礎の肉体ができてりゃ、技がなくても適当にぶん殴るだけで相手をぶっ飛ばせるしな。そのために武器術じゃなく、肉体の鍛錬から入ったんだからよ』

『当然だ。基礎無き肉体では、技など扱えん』

「えぇ……？　で、でも俺、レベルアップもできないんですよ？　本当に技とか教えてもらわないで大丈夫ですか……？」

『心配するな。生き返れば分かる』

そんな風に言い切られても、俺は自分が強いとは一切思えなかった。

もっとここで修行すれば……。

「あ！　そ、それなら、生き返ってすぐに死ねば、またこの場所に――――」

『それは無理よ』

「え？」

『確かに【英霊たちの宴】は凄まじいスキルだけど、そんなに何度も使えるものじゃないわ。再発動までの時間は生き返れば自然と悟れるでしょうけど、間違っても生き返ってすぐに死のうだなんて考えないでね？』

「う……」

良い案だと思ったのだが……。

俺が肩を落としていると、オウシンさんは鋭い視線を俺に向ける。

『――――護』

「は、はい」

『お前は、スキルの効果で生き返ることができる。何より、スキルを発動させるために死に、此度の修行でも何千、何万という命を失った』

オウシンさんの言う通り、俺はすでに『死』というものを、あり得ないほど経験していた。

『死を経験した者は、確かに強い。死への恐怖に打ち克てるからな。だが、死に慣れては駄目だ』

「死に慣れる……」

オウシンさんの言葉を受け、俺はハッとした。

俺は何度も死を経験した。

それこそ最初は死ぬことが怖くて、荒い息を整えたり、精神を落ち着かせることに時間もかかった。

だが、いつの間にか死に対する恐怖は消え、俺は死ぬことに何も感じなくなっていたのだ。

『スキルがあるからとはいえ、死を受け入れてはならない。常に生を求めるからこそ、強くなれるのだ』

『まっ、単純な話、危険は冒してもいいが、死ぬ前提で動くなってことだな』

『そうだ。分かったたか』

「はい」

俺はオウシンさんの目を見つめ、しっかりと頷いた。

すると、オウシンさんは表情を緩め、俺の頭に手を乗せる。

『うむ。では、お前が生き返った後の修行について話そう』

「え？　っ!?」

一瞬呆ける俺だったが、次の瞬間、オウシンさんの手から、強烈な魔力が放たれる。

その魔力によって、激しい頭痛に襲われる俺だったが、すぐにある変化が訪れた。

脳裏にとある技に関する知識が、鮮明に流れ込んできたのだ。

『今お前に、我が奥義の一つ――【神滅拳《しんめつけん》】の技法を伝授した。まあ伝授したと言っても、当然すぐ使えるわけではない。我が伝授したのは、あくまで【神滅拳】の知識だけだからな』

たった今、オウシンさんから伝授された【神滅拳】だが、拳の魔力を極限まで活性化させ、解き放つというもの。

一見、簡単そうにも思えるが、俺が行っている【身体強化】ですら、通常の魔力活性から、せいぜい1・5倍程度活性化させているにすぎない。

とはいえ、その活性化で同じく1・5倍の身体能力が発揮できるようになるため、少なくとも魔力が活性化していない覚醒者と比べても、凄まじい身体能力になる。まあ高レベル相手だと俺も力負けしてしまうだろうが。

そんな中、この【神滅拳】を放つには、少なくとも通常の3倍は活性化させる必要があるのだ。

そして最後の問題が、魔力の放出だ。

アイテムなどに魔力を流すことはできるが、【神滅拳】のように、攻撃になるレベルで魔力を放出するのは、魔法系のスキルを持たない俺には未知の領域だった。

確かにこの知識があるからと言って、すぐに発動できるようなものではない。

『いいか、次のスキルが発動するまで、この技ができるように修行すること。そして、ダンジョンの攻略もしておけ』

「……分かりました」

俺は冷や汗を流しながら、真剣な表情で頷く。

正直、できるかどうかは分からない。

なんせ、俺の脳に流れてきた【神滅拳】の威力は――――この星一つを消し飛ばすようなものなのだから。

すると、俺の体に異変が訪れる。

「あ……」

『ちょうど時間だな』

俺の体が徐々に消えていくのだ。

その様子を眺めていると、オウシンさんが不敵に笑う。

『では、成長したお前を――楽しみにしているぞ』

「――はい！」

そう頷くと、俺は英霊たちの前から消えていくのだった。

＊＊＊

護が姿を消した後。

魔女の格好をした女性……ルメラが口を開いた。

『それで？　最後の英雄さんは強くなりそう？』

そんな問いかけに対し、オウシンは険しい表情を浮かべる。

『……分からん』

『へぇ？　アンタがそんな風に言うなんて……』

　オウシンの言葉を受け、侍風の男性……ザンセイは、面白そうに笑った。

『……かつて【武神】とまで呼ばれた貴方が、あの子の潜在能力を見抜けないって言うの？』

『そんな異名は何の意味もない。結果的に我は、【アウター】に敗れたのだからな』

『そりゃそうだけど……』

『んなこと言ったら、ここにいる全員じゃねぇか！』

　呆れた様子のルメラに対し、ザンセイは声を上げて笑った。

　すると、オウシンは続ける。

『……今回の修行で、ある程度の肉体は作り終えた』

『そう言えば、修行内容は高負荷の中で貴方の攻撃を避けるってものだったわよね？』

『ひよっこにお前さんの攻撃を避けろとか、無理に決まってんだろ！』

『当然、手加減はしている。とはいえ、何度も死ぬことになったな』

『でしょうね……それで？　彼が泣き言を言わなくなるまで、どれくらいかかったの？』

『――――ない』

『え？』

　ルメラが思わず聞き返すと、オウシンは力強く告げた。

『言ってない』

『……』

オウシンの言葉に、全英霊が黙った。

修行中の護は、圧倒的不利な状況下で、ただ一方的にいたぶられ、殺され続けた。

当然、この場に集まる英霊たちは、死に打ち克つことができている。

中には、生前、幼少期に地獄の経験をした者もおり、オウシンの言う通り、泣き言を言わなかった者もいた。

しかし、護は違う。

護は、そんな英霊たちとは異なり、魔力や戦いすら知らない世界に生まれ、生きてきたのだ。

そんな人間が、いきなり何度も死を経験するようなことになれば……普通なら、精神が持たないだろう。

幸い、【英霊たちの宴】によって作り出されたこの空間では、傷だけでなく、精神が崩壊する心配もない。

だが、精神が崩壊しないというのは、いいことではないのだ。

無理やり作られた壊れない精神は、強い衝撃を受けた際、発狂することができないことを意味する。

それは、地獄以外の何物でもない。

発狂とは、一つの救いであり、防衛本能なのだ。

だが護は、今にも逃げ出したい、発狂したい思いを押し殺し、ただ黙々と修行に取り組んだ。

そして……死に打ち克った。

『アイツは、混乱こそしていたが、修行を辞めたいなど、泣き言は一切言わなかった』

『……へえ』

オウシンの言葉を聞き、ザンセイは面白そうに笑う。

『俺たちみたいに、戦いに身を置く者ならともかく……そうじゃねぇのに、その精神力はとんでもねぇな。ちなみに、戦闘技術に関してはどうなんだ？』

『……天才のように、一を聞いて十を知るような人間ではない。どちらかと言えば、習得は遅い方だろう』

『そう……天才肌ならよかったんだけど……』

【アウター】を相手にする最後の英雄である以上、圧倒的な才能の持ち主であることが理想的だった。

そのため、オウシンの言葉を聞き、ルメラは少し肩を落とす。

だが……。

『確かにアイツは、一目見てすぐに習得するような器用さはないだろう。だが、停滞を知らない』

『停滞？　それは、どういう意味？』

怪訝な表情を浮かべるルメラに対し、オウシンは笑みを浮かべた。

『つまり……天才ではなく、怪物というわけだ』

＊＊＊

「……ここは」

目を開くと、そこは前に吸い込まれたダンジョンの内部だった。

「グルゥ？」

そして、俺を貪ったであろう餓狼が、不思議そうな表情で俺を見る。

それもそうだろう、餓狼たちからすれば、俺を喰ったばかりだと言うのに、目の前に現れたのだから。

「ガアアアアアア！」

「！」

すると、すぐに餓狼たちは牙を剥き、再びやってきた餌に歓喜した様子で襲い掛かってきた。

しかし————。

「ハアッ！」

「ギャン!?」

俺は先頭の餓狼の攻撃を避けると同時に、その顔面に蹴りを叩き込んだ。

蹴りを受けた餓狼は、激しく回転しながら飛んでいく。

「ガウ!?」

餓狼たちは、先ほどまで何もできずに喰われていた俺が、反撃してきたことに驚いた様子だった。

だが、それ以上に俺自身がこのことに驚いている。

……餓狼の動きは、とても遅く見えた。

だからこそ、俺は餓狼の攻撃を避けつつ、カウンターを喰らわせることに成功したのだ。

すると、仲間をやられたことで怒った餓狼たちが、一斉に飛びかかって来る。

「グルアアアアア！」

「ウォオオオン！」

「ッ……おらあああああ！」

しかし、俺はそれらの動き一つ一つが鮮明に見え、同じように攻撃を回避しつつ、カウンターを喰らわせていく。

「ハアッ！」

「ゲハッ!?」

一体の餓狼の頭を掴むと、そのまま振り回し、別の餓狼にぶつけ、さらにその勢いのまま、壁に頭を叩きつける。

その一撃で餓狼の頭は一瞬で砕け散った。

さらに別の餓狼の腹を蹴り上げ、そのまま天井に叩きつけると、俺も跳び上がり、天井の餓狼を引っ掴んで、下にいる餓狼たち目掛けて叩きつけた。

こうして俺を殺した餓狼たちは――――たった数十秒で壊滅することに。

「は、はは……マジか……」

手を見つめながら、俺は自分のしたことが信じられなかった。

なんせ【英霊たちの宴】が発動する前の俺は、一体も倒すことができず、そのまま貪りつくされ、死んだ。

そんな俺が、餓狼の群れを倒したのだ。

しかも、素手で。

魔物は魔力の宿った攻撃でしかダメージを与えられないため、当然魔力を宿す覚醒者なら、素手でダメージを与えることができる。

だが、魔力の籠った武器を使い、倒すのが一般的で、当然俺も、東攻では様々な武器の練習をしたのだ。

「あの修行で……俺、強くなったのか……」

魔力が活性化したことと、高負荷に耐え続けたことで鍛え上げられた肉体。

さらに、オウシンさんの攻撃を避けるため、自然と身に付けた目を含む【身体強化】に、【高速思考】。

あそこで積み重ねた時間は、決して無駄ではなかったのだ。

呆然とする俺だったが、不意に魔力の流れを感じ、正気に返る。

「何だ？」

すぐに警戒態勢を取ると、倒した餓狼たちから、魔力が流れてきていることに気付く。

その魔力は、俺の体に流れ込んできているようだった。

「これは一体……!?」

その瞬間、流れ込んできた魔力が、俺の活性化した魔力と結びつき、吸収されたのだ！

そして、魔力が吸収されたことで、俺の魔力の総量が増えただけでなく、活性化による効果も上がり、身体能力が強化されたことが体感できた。

「まさか……これがレベルアップか!?」

以前の俺は、どんなに魔物を倒しても、レベルアップすることはなかった。

しかし、修行の中で魔力というものを己の力にしていった結果、世界に漂う魔力にすら敏感になったのだ。

「レベルアップの正体は、倒した魔物の魔力を吸収することだったのか？　だとすると、何で俺は今までレベルアップできなかったんだ……？」

もし魔力の活性化が条件なのだとしたら、他の覚醒者たちがレベルアップできているのはおかしい。

現状、魔力を活性化できている人間はほとんどいないはずだからだ。

もちろん、まったくいないとは思わないが……オウシンさんの話を聞いている感じ、魔力について無知な地球人では、活性化できている人間はほとんどいないと見ていいだろう。

何より、俺の知る千夏や張本たちは、活性化していない。

それなのにレベルアップしているのだから、やはり関係ないだろう。

「……ここら辺はまた、オウシンさんたちに訊こう」

改めて【英霊たちの宴】を発動させた後のことを考えるのだった。

「それにしても、魔女も言っていたが、本当にすぐに発動はできないみたいだな」

生き返ってすぐに餓狼との戦闘になったため、後回しにしていたが、魔女に言われていた通り、生き返ってすぐ、俺は【英霊たちの宴】の効果を悟った。

ほとんどがあのスキルの世界で聞いた通りで、死ぬたびに一定期間、あの世界に行けるというものだ。

殺される方法は何でもいいらしい。

それこそ、魔物に殺されたり、人間に殺されるだけでなく、事故死でも発動するそうだ。

その代わり、現在スキルレベル1の【英霊たちの宴】では、一度効果を発動してから、再発動するまで……つまり、クールタイムが三十日あるようだ。

「……オウシンさんたちに言われたように、無暗に死ぬつもりはないが……スキルの効果が復活するまでは、迂闊な行動は控えないとな」

それこそ、このダンジョンのようにいきなり巻き込まれたりしたら話は別だが、少なくともスキルのクールタイムが明けるまではダンジョン攻略は控えるべきだろう。

「どっちみち、オウシンさんからの課題もあるしな」

生き返る直前にとんでもない技を伝授されたわけだが、当然知識を得ただけで、使えるわけじゃない。

まず魔力を一か所に集中させ、それを維持したり、放出したりする方法を探る必要がある。

ただ、魔力を集中させるというのは、オウシンさんの攻撃を見極めるため、自然と目に魔力を集めるようになっていたから、その感覚を応用すれば行けるだろう。

「さて……修行のためにも、まずはこのダンジョンから脱出しないとな」

倒した餓狼を持ち帰り、ショップに売れば、ある程度の金額になるんだろうが……魔物の素材の売買には、攻略者のライセンスが必要なので、今の俺にはできない。

もちろん、非合法の手段を使えば、売ることもできるが……持ち運ぶこともできないし、無理をする必要はないだろう。

「このダンジョンがどれだけ続くのかは分からないが……念のため、一体だけは持って行くか」

食料的な意味合いだが……火属性魔法が使えない俺では、火をおこすこともできないので、持ち運んだところで意味はないかもしれないがな。

ついでに餓狼の牙をへし折って、簡易的な武器にした。死体であっても、魔力は宿っているため、ダメージを与えられるからな。

ちなみに、ここの洞窟ダンジョンのような自然型ダンジョンでは、罠がある可能性は低い。ただ、ゴブリンのような知能がある魔物がいる場合に限り、自然型でも罠がある。

まあこれらすべて、東攻で学んだ知識なので、実際どうなのかは分からないが。

何にせよ、罠を見つけたり、解除する技術はないので、あまり気にしても仕方がないだろう。

俺は餓狼の死体を引きずりながら、先へ進む。

すると、先にも餓狼の群れが現れる。

「グルゥ？」

「フッ……！」

餓狼たちが俺に気付くや否や、俺は一瞬で餓狼たちとの距離を潰し、手にした牙で、その喉元を斬り裂いた。

こうして餓狼の群れを殲滅しながら進んでいくと、最奥らしき広い空間にたどり着いた。

「ガルルル……」

「アイツは……」

大広間の中央には、道中倒してきた餓狼が数十体。

そして、その背後に餓狼を一回り大きくした狼……大餓狼がいた。

大餓狼のランク自体は餓狼と同じD級だが、コイツに率いられている餓狼の群れは、C級の危険度になるらしい。

「なるほど、お前がボスか」

――すべてのダンジョンにはボスが存在し、そのボスを倒すことで、ダンジョンは攻略完了となる。

そして攻略されたダンジョンは、そのまま消滅する【限定ダンジョン】と、残り続ける【常設ダンジョン】の二種類が存在した。

一度攻略された常設ダンジョンは、一定時間経つと再び魔物が湧き上がるだけでなく、外に魔物が溢れ出なくなるらしい。

そのため、攻略者の組織……いわゆる【ギルド】や国が、資源の確保だったり、組織の攻略者育成に使ったりするそうだ。

もしここが常設型のダンジョンだった場合、罠もなく、出てくる魔物は餓狼だけなので、ギルドにとっては攻略者育成にちょうどいいだろう。

見つけた俺が所有するなんてことは、まず不可能だからな。

「何にせよ、お前を倒せば出られるわけだな」

牙を構え、大餓狼たちに突撃しようとした……その瞬間だった。

「ガルルル……ガァアアアアアア！」

「っ!?」

大餓狼が、巨大な咆哮を上げた。

しかも、その咆哮には魔力が乗っており、俺の体に流れる魔力に反応し、体が硬直したのだ。

これは……【ショックハウル】か!?

【ショックハウル】とは、魔物が使う技の一つだ。

その名の通り、咆哮に魔力を乗せ、対象の体を硬直させるというもの。

知識では知っていたが、いざ使われるとその厄介さが分かる。

なんと言うか……体内の魔力が、強制的に咆哮に乗せられた魔力と共鳴し、細胞に宿る魔力が異常をきたしたような感じだ。

「ウォオオオン！」

俺の体が硬直したのを察知すると、大餓狼は配下である餓狼たちに指示を出した。

その指示を受けた餓狼たちが、俺目掛けて群がって来る。

……魔力の理解がなければ、このまま餓狼に喰い殺されていただろう。

だが……！

「ハアッ！」

「グルゥ!?」

俺は体内の魔力をさらに活性化させ、【身体強化】を発動する。

すると、異常をきたしていた細胞が正常に働き、体が動くようになった。

やはりな……【ショックハウル】は、攻撃として非常に厄介だ。

しかし、高レベルの攻略者や、魔法使いには効かないこともあると、俺が学んだ知識にはあった。

魔力をどれだけ制御できているかが、【ショックハウル】に対抗するための鍵なのだろう。

こうして動けるようになった俺は、そのまま餓狼の群れと衝突すると、手にした牙を振る。

一対一ならともかく、相手は何十体と存在し、普通に戦っていては、俺の体力が持たないだろう。

だからこそ、俺は的確に、冷静に餓狼たちの急所を見極め、そこだけを攻撃していく。

脳天、喉、目……一撃で致命傷を与え、確実に数を減らしていると、不意に背中で嫌な予感がした。

俺はその予感に従い、咄嗟にその場から飛び退くと、なんと大餓狼が俺に飛びかかってきたのだ。

「クッ……！」

「ガアッ！」

餓狼たちだけじゃ、俺を倒せないと判断したようで、俺が餓狼と戦っている隙を狙ってきた。

さすが、餓狼たちを率いているだけあり、賢い。

俺が餓狼を仕留めた瞬間の僅かな隙を逃さず、武器を引き抜くタイミングで襲ってくるのだ。

だが……負けるつもりはない。

「ハアアアアッ！」

俺は全力で全身の魔力を活性化させると、さらにスピードを上げる。

そして、近づく餓狼を一気に殲滅し、大餓狼に飛びかかった。

「グオオオオオオオ！」

「うおおおおおおお！」

すると、大餓狼は飛びかかる俺を迎え撃つように、その巨大な口を開く。

しかし――――俺の攻撃が、一歩早く届いた。

「おらあああああああああっ！」

「ガアアアアアアアアアアアアッ！」

右手で振り下ろした牙が、大餓狼の脳天に突き立ったのだ。

そのまま俺は全力で振り下ろすと、大餓狼を地面に叩きつける。

そして――――。

「はぁ……はぁ……勝った……勝ったぞ……！」

一気に体の力が抜け、その場に仰向けで倒れ――――。

「勝ったぞおおおおおおおおお！」

――――勝利の雄叫びを上げるのだった。

第三章

大餓狼に勝利した俺は、しばらくの間放心していた。

「俺が、勝ったんだ……」

しかも、一人で。

出来損ないと呼ばれ、蔑まれてきた俺が……。

俺は起き上がると、自分の手を見つめる。

「……これも全部、オウシンさんのおかげだ」

俺一人では、この結果は得られなかった。

最初は、あの空間での修行がどこまで通用するのか、不安だった。

だが、俺のしてきたことは、無駄ではなかったのだ。

思わず感傷に浸る俺だったが、すぐに気を引き締める。

「いや、これで終わりじゃない。もっと……もっと強くならないと……！」

強くなって、ダンジョンを攻略していき、佑を治すんだ。

改めて決意を固めていると、不意に背後ですごい光が現れる。

「な、何だ!?」

慌ててその場から飛び退き、警戒すると、やがて光が収まり、その場に腕で抱えられるサイズの宝箱が現れた。

「あ……初攻略報酬か！」

俺とは無縁だと考えていたため、すっかり忘れていたが、初めて出現したダンジョンは、そこを初めて攻略した者に、アイテムが与えられるらしい。

そのアイテムはどれも貴重で、物によってはとんでもない価値になる。

俺は恐る恐る宝箱に近づき、開けてみた。

中身を確認すると……。

「……指輪と、ローブ……？」

中に入っていたのは、小さな青色の宝石が嵌められた指輪と、どこか薄汚い印象を受ける、灰色のローブだった。

「これは……何なんだ？」

これがゲームであれば、呪われた装備なんてものもあるのだが、今のところそんなアイテムが出てきたという話は聞いたことがない。

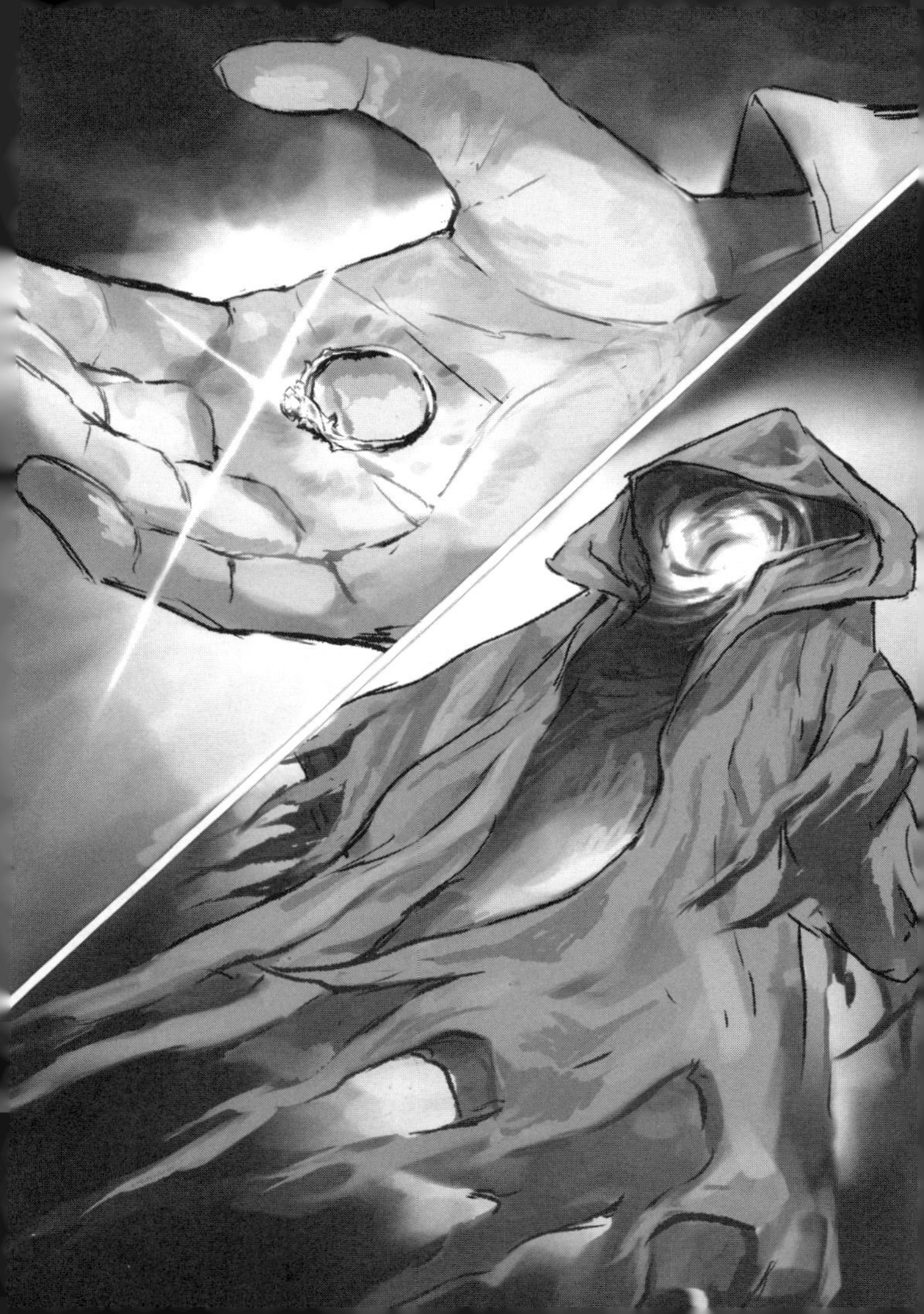

そのため、絶対に安全とは言えないが、危険である可能性は低いだろう。

なんとなく指輪を右手の人差し指に嵌め、翳《かざ》してみる。

「んー……どんな効果が……!?」

そこまで言いかけた瞬間、手を翳した先に、青色の渦が出現した！

そして、その渦を見て、俺はあるアイテムの名前が頭に浮かぶ。

「ま、まさか……【異空の指輪】!?」

【異空の指輪】……それは、攻略者だけでなく、全人類が欲するアイテムだ。

その効果は、まさにゲームに登場するアイテムボックスと同じ。

つまり、目の前の青い渦の中に好きなものを入れ、持ち運ぶことができるのだ。

「ま、マジか……いや、でも、この渦はそうだよな……」

試しに、近くに転がる餓狼の死体を、渦の中に入れてみた。

すると、脳裏に『餓狼の死体』という情報が浮かび上がる。

「す、すげぇ……物を持ち運べるだけじゃなく、何を入れたかも分かるのか……！」

俺は指輪の効果に感動していると、ふともう一つのアイテムであるローブに目が行く。

「じゃあ、このローブは一体……」

本来、効果をしっかり確認するのであれば、攻略者協会などの、ちゃんとした機関に持って行き、鑑定してもらう必要がある。

ただ、当然鑑定にはお金がかかるだけでなく、俺のようなライセンスを持っていない人間では、鑑定してもらうことは不可能だった。

まず、どこで手に入れたかを訊かれるだろうから、俺がライセンスなしでダンジョンに潜ったことがバレてしまう。

つまり、鑑定してもらうためにはライセンスを取得する必要があった。

しかし、この【異空の指輪】があれば、効果が分からずとも、アイテムの名称が分かるはず……。

そう判断した俺は、早速ローブを指輪に収納した。

すると……。

「【隠者のローブ】……?」

そのローブの名前は、聞いたことがないものだった。

当然、俺もすべてのアイテム名を知っているわけじゃないが、少なくとも有名なアイテムではないだろう。

しかし、この名前の感じからすると……。

俺はローブを取り出し、羽織ってみた。

「んー……名前的に、姿が消えるとか、そんな効果があるのかなと思ったんだが……」

羽織ってみた感じ、特にそんな様子はない。

「……いや、このフードを被ったらどうだ？」

そのままフードを被ってみると……変化が起きる。

「お？　これは……効果が発動した、のか？」

俺がフードを被った瞬間、このローブから魔力の流れが感じ取れたのだ。

つまり、何かしらの効果が発動したと思うんだが……。

「透明になったって感じじゃないな」

主観だからこそ、透明になっているかどうかの判断はつかないが、恐らく透明化の効果はないだろう。

ただ……。

「んん？　フードがズレないぞ」

ちょっと激し目に動いてみたんだが、フードが脱げる様子がない。

え、もしかして、フードが脱げなくなるとか!?

慌てて手でフードを脱いでみると、こちらはすんなりと脱ぐことができた。

「……つまり、自分の意思で脱がなければ、一度被ったフードが脱げる心配がないと……」

ただ、ローブの効果はこれだけではない気がする。

今すぐに確認できるわけじゃないが、もしかすると、フードを被っている間は顔の認識を阻害したりする効果があるかもしれない。

何にせよ、どちらも俺にとって、非常に役立つアイテムだった。

「でも……どういうことなんだろう……」

ただ、俺は一つ、引っ掛かりを感じていた。

というのも、オウシンさんたちの話では、ダンジョンは【アウター】が地球を侵略するための道具であり、地球の力を削ぐ役割がある。

にもかかわらず、こうして攻略すると、敵に塩を送るような、侵略対象にとって非常に有用なアイテムを残すのだ。

「改めて、オウシンさんたちに訊きたいことが増えたな……」

そう呟くと、俺は倒した大餓狼たちの死体に目を向ける。

「さて……持って帰れないかと思ったが、指輪のおかげで持ち帰れそうだ」

さっさと大餓狼たちの死体を回収したわけだが、流石に道中まで戻り、回収していくのは面倒くさい。

何より、売る場所がない。

とはいえ、俺は一つ、考えがあった。

「やっぱり、闇市に行くしかないか」

それは、非合法でダンジョンのアイテムなどを売買する場所。

当然非合法だからこそ、バレたら捕まる可能性があるのだが……運がいいことに、俺はこのローブを手に入れたことで、ある程度顔を隠すことができる。

それに、普通に生きていれば、そんな場所は知らないのだが、佑を救うために色々調べていた俺は、闇市がどこにあるのか知っていた。

何より、オウシンさんに言われたように新たにダンジョンを攻略するためには、闇市に行く必要があるのだ。

普通にライセンスを取得できればいいんだが、今の俺では、確実に試験に合格できる自信はない。

そして強くなるためには、やはりダンジョンに向かう必要があるため、非合法の手段に頼る必要がある。

「アレを手に入れるためには……金がいるしな」

何はともあれ、大餓狼と広間に転がる餓狼の死体を売れば、流石に足りるだろう。

「はぁ……死ぬ前は冤罪で捕まったってのに、今度は自ら犯罪に手を染めることになるとはなぁ……」

自身の運命に、思わずため息が出た。

「まあいい。俺の名声なんざ、すでに地に落ちている。あとはただ……強くなるだけだ」

そう決意すると、俺はダンジョンの出口を見つけ、そのまま脱出するのだった。

＊＊＊

無事、ダンジョンを脱出した俺は、その足で闇市へと向かった。

ちなみにあのダンジョンは限定ダンジョンだったようで、俺が脱出したと同時に消えた。

まああのまま残られても困ったので、消えてよかった。

それよりも、闇市に来るにあたって、ローブを着用しているわけだが……やはり、フードには認識阻害の効果があるようだ。

鏡で確認したところ、フードを被っている間は、フード内が陰になり、顔が確認できないのだ。

ただ、声はそのままなので、そこは気を付ける必要がある。

ともかく、準備万全の俺は、闇市にきたわけだ。

「確か、ここだったな……」

新宿の路地裏を進んでいくと、とあるマンホールの前にたどり着く。

周囲はゴミ袋が散乱し、ネズミやゴキブリが蠢《うごめ》き、とても汚かった。

そんな路地裏にあるマンホールの上に立つと、足の裏から、魔力をマンホールに流し込んだ。

その瞬間、マンホールから紫色の魔法陣が一瞬浮かび上がると、俺を包み込む。

そして視界が暗転すると――――目の前には、煌びやかな世界が広がっていた。

「ここが、闇市……」

ネオンの光と人のざわめき。

その様子はまるで、夜の歌舞伎町を思わせた。

そんな中、ひと際目立つのが、メインストリートの最奥に存在する、博物館のような建物だ。

「地下にあるって話は本当だったな……」

あのマンホールこそが闇市への入り口であり、あのマンホールに魔力を流すことで、この闇市に転移するようになっていたのだ。

当然、昔の俺であれば、魔力も扱えなかったため、ここに来ることはできなかった。

しかし、修行によって魔力を扱えるようになったことで、ようやくここに来る資格を得たわけだ。

「それにしても……あれが転移魔法か……」

これまた東攻で学んだ内容として知ってはいたが、こうして体感すると不思議な感じだった。

転移魔法を使える人間は未だに数が少なく、大体が国に管理されている。

ただ、こうして体感すると、それは当然だと思う。

この能力があれば、あらゆるところを自由に出入りできるようになってしまう。

もちろん、何かしらの制約はあるだろうが、それにしても、国から見て危険な力であることには変わらない。

そんな転移魔法を使って闇市に行くということは……国の管理下にない、転移魔法の使い手が、この地を支配しているのかもな。

もしくは、案外裏で国が絡んでいる可能性もある。

張本たちがどこで手に入れたかは知らないが、闇市には【禁薬】の取引もあるようなので、国が絡んでいるとは考えにくいが……。

「おっと、観光しにきたんじゃない。さっさと用事を終わらせよう」

まず大餓狼を売るため、魔物の素材を取引している店を探した。

すると、大通りに面した場所で、魔物を取り扱っていそうな店を見つける。

「ここならよさそうだ」

正直、闇市については行き方の情報以外はあまり知らないため、どこがいい店なのかなどはまったく分からなかった。

ぼったくられる可能性もあるが……闇市も、このメインストリートに面した店なら、まだその手の心配は少ない気がする。あくまで気がするだけだが。

ともかく、悩んでいても仕方がないので、店内に入ると、あちこちで見たこともないような魔物の素材が運ばれていた。

その光景に感動しつつ、受付らしき場所に向かう。

すると、メガネをかけた、どこか人の好さそうな老紳士が立っていた。

「いらっしゃいませ」

「その、魔物を売りたいんですが……」

「どのような魔物でしょうか？」

「大餓狼と餓狼です」

俺がそう答えると、老紳士は一瞬驚いたように目を見開いた。

「これはまた珍しい魔物ですね」

「そう、ですか？」

「ええ。最近はあまり、餓狼が出現するダンジョンは発見されていないんですよ」

そうなのか……。

ただ、もしこの老紳士の話が本当なら、金額に色がつくかもしれない。

ついそんな期待をしていると、老紳士が続ける。

「それで、さっそく見せていただいてもいいでしょうか？」

「えっと……結構な量なんですが、大丈夫ですか？」

「であれば、裏の作業場で拝見いたします」

老紳士に案内され、店の裏側に向かうと、そこにはまた、表にはなかった、様々な魔物の素材が置かれていた。

中にはドラゴンらしき魔物の羽や鱗も置かれていて、見ているだけでワクワクする。

思わず周囲を見渡していると、老紳士が立ち止まった。

「ここらへんでお願いします」

「分かりました。では……」

俺は次々と指輪から餓狼の死体を出していき、最後に大餓狼の死体を出した。

数えてみたところ、餓狼の死体は五十体もあった。我ながら多く倒したものだ。

こうしてすべてを出し終え、老紳士に視線を向けると、老紳士は驚いていた。

「いやはや……まさかこんなにも……それに、【異空の指輪】とは素晴らしいですね」

「運がよかっただけです」

仕方がないとはいえ、やはり【異空の指輪】は目立つな……。

幸い、この作業場にきたことで、他の人の姿はなく、見られたのはこの老紳士だけだ。

東京変異以降、世界中の治安が悪化した今、こんな貴重なアイテムを持っているとなれば、誰かに狙われるかもしれない。

慎重になろう……。

そんなことを考えているうちに、老紳士は丁寧に餓狼の死体を検分していく。

「……素晴らしい。急所だけを的確に突いていますね。そのため、毛皮にも目立った傷はないですし……これなら高く買い取れますよ」

「おお」

「そして、こちらの大餓狼ですが……脳天を一突きですか。下あご付近に汚れがあるのは残念ですが、それ以外の外傷はないため、こちらも高額買い取りできますよ」

俺が脳天に牙を突き立てた際、そのまま地面に叩きつけてしまったため、傷がついたようだ。

うーん……そう分かっていたら、もっと……いや、あの時はそんなことを考える余裕はなかった。

そこに拘《こだわ》って怪我でもしたら、目も当てられないからな。これからも気にしない方がいいだろう。

「それにしても……こちらはお客様が仕留めたのですか？」

「ええ」

「なるほど……【異空の指輪】といい、急所を狙った攻撃といい、素晴らしい腕前ですね」

「ありがとうございます」

まさかそんなに褒められるとは思ってもおらず、戸惑っていると、老紳士は精算を始めた。

「それでは、餓狼の死体が五十体に、大餓狼の死体が一体で……一千万でどうでしょう？」

「!?」

老紳士の口から飛び出した金額に、俺は耳を疑った。

い、今、何て言った？

「い、一千万ですか？」

「ええ。状態がいいのもそうですが、やはり最近は数が少ないので、この金額ですね」

「……」

す、すごい。

確かに攻略者が稼げることは知っている。

しかし、こんなにも稼げるとは思いもしなかった。

……いや、でも、今回は俺一人で攻略したから、素材すべての金額が俺に入るわけで、普通はパーティーやギルドで攻略することになる。

となると、一人頭の報酬は減るから……どうなんだ？

まあ今回がD級のダンジョンだったとして、これがC級やB級になれば、もっと稼げるんだろうな。

そんなことを考えていると、老紳士が声をかけて来る。

「お客様？」

「あ、す、すみません。その値段で大丈夫です」

「かしこまりました。こちら、現金でのお支払いのみとなってしまいますが、大丈夫ですか？」

「大丈夫です」

確かに、ここが非合法の場所である以上、銀行口座への振り込みは難しいよな。

ただ、指輪が手に入ったからよかったものの、指輪がなければ一千万なんてとても持ち歩けるようなものでもないし……いや、指輪があったから素材を持ち帰れたんだから、その仮定はあり得ないのか。

そんなくだらないことを考えていると、老紳士がドラマやアニメでしか見たことのないような、重厚な鞄を持ってきた。

「こちらでございます」

ちゃんと中身を確認させてくれたのだが……す、すげぇ。

目の前には、今まで見たこともないお札の束が、ぎっしりと詰まっていたのだ。

俺は震える手でお金を受け取ると、そのまま指輪に収納する。

ま、不味いな……緊張してきた……。

できればこのまま闇市から退散してしまいたかったが、もう一つの目的が残っている。

その目的のブツが手に入りそうな場所を、目の前の老紳士に訊いてみた。

「すみません、実は、とあるものを探しているんですが、どこで手に入るか分からなくて

「……」

「ちなみに、何をお探しですか？」

「――『偽装ライセンス』です」

俺がそう口にすると、老紳士は一瞬目を見開く。

そう……俺が求めていたものとは、『偽装ライセンス』のことだった。

本格的に攻略者として活動する以上、本物を手に入れる必要はあるが、修行のために低ランクのダンジョンを攻略するには、ライセンスが必要となる。

そこでこの偽装ライセンスだ。

高ランクのダンジョンになると、さすがに出入りに念入りな審査があり、本物のライセンスが必要となるが、ダンジョンを管理する攻略者協会でもさすがにすべてのダンジョンに人員を配置する余裕はないため、低ランクのダンジョンは、出入りが簡単だった。

ただ、ライセンスを偽造するのは違法であり、普通ならこんなことを訊いた時点で通報される。

しかし、ここは闇市だ。

俺がそれを求める理由など、わざわざ訊いてきたりはしない。

老紳士は一つ頷くと、教えてくれた。

「そちらの品物でしたら、この闇市の最奥に位置する【黒館《くろやかた》】で手に入るでしょう」

なるほど、あの一番目立つ建物か。

「【黒館】では、入手困難な代物を取り扱っていますので、色々見て回ってもいいかもしれませんね」

「なるほど、ありがとうございます」

「いえ、こちらこそ、いい取引ができました」

老紳士との挨拶を終え、教えてもらった【黒館】に向かうのだった。

＊＊＊

護が立ち去ると、魔物販売店のオーナーである老紳士――山川源蔵《やまかわげんぞう》は、改めて餓狼の素材に目を向けた。

「ふむ……やはり素晴らしい」

今回護が持ち込んだのは、最近は供給が減っていた餓狼の素材である。

というのも、餓狼は基本的に群れで行動するため、Ｄ級の魔物の中でもかなり危険な部類になる。

その上、大餓狼が率いる群れの場合、Ｃ級へと危険度が上がるのだ。

故に、Ｄ級のダンジョンをメインに攻略する攻略者たちは、その可能性を考え、餓狼の出現するダンジョンは避ける傾向にあった。

「顔は見えなかったが……声の感じからして、かなり若そうだ。だというのに、ここまで綺麗に餓狼を仕留めるとは……」

しかも、護が持ち込んだ餓狼の死体は、予想以上に傷が少ない。

これが普通のＤ級攻略者であれば、かなり激しい戦いになり、餓狼の素材は傷だらけになる。

素材の傷が少ないということは、それだけ実力に差があるということだった。

「それに、【異空の指輪】……どうやら、普通の青年ではないようだな」

ここ数年、この闇市で様々な攻略者を見てきた山川だからこそ、護の潜在能力を何となく感じ取っていた。

「はてさて……彼は何を為すのか……」

山川は、護の行く末に、思いを馳せるのだった。

＊＊＊

「さすがに大きいな」

早速【黒館】にたどり着いた俺は、中に入る。

するとそこは、博物館のような巨大なロビーが広がっており、そこで談笑する人々は、外の闇市の人間に比べ、どこか品があった。

老紳士も言っていたが、ここでは入手困難な代物を取り扱っているという話だし、必然的に動く金額も大きくなる。

だからこそ、お金を持つ人間が集まるため、外の人間に比べると品があるように見えるのだろう。

……それに比べて俺は、みすぼらしい灰色のローブ姿なわけだが……今のところ、格好だけでつまみ出されるといった心配はなさそうだ。

ひとまず真正面に位置する受付らしき場所へ向かう。

「すみません」

「ようこそ、いらっしゃいませ」

声をかけると、受付の女性はにこやかに対応してくれた。

今の俺は、ローブで顔も隠れ、非常に怪しいだろうが……さすが闇市。怪しい人間は見慣れているのだろう。

妙なところで感心しつつ、俺は目的の物を訊ねる。

「偽装ライセンスを購入したいんですが……」

「高ランクのライセンスは偽装が難しいため、F～Dランクのライセンスのみ、取り扱っておりますが、いかがいたしましょう？」

やはり、審査が厳しくなる高ランクライセンスを手に入れるのは無理なんだな。

とはいえ、修行を始めたばかりの今の俺は、Fランクで十分だ。

「Fランクでお願いします」

「かしこまりました。Fランクですと、三百万円になります」

た、高ぇ……！

まあでも、それくらいはするか……。

むしろ、さっき一千万手に入れててよかった……。

「……大丈夫です」

「他に、何かございますか？」

他か……そうだ、この後はダンジョンを攻略するんだし、武器や防具も必要だ。

餓狼との戦いでは、素手や牙で倒すことができたが、まだ未熟な俺は、少しでも距離が取れる武器を使った方がいいだろう。

「武器と防具、それと回復薬も用意できますか？　あとできれば、ＦかＥランクのもので
……」

「かしこまりました」

受付の女性は頷くと、手元でタブレット端末を操作する。

「こちらが、Ｆ、Ｅランクの商品になります」

「……」

見せてもらった武具を一つ一つ確認していくが……一つランクが変わるだけで、数十万単位も変化する。

何より、闇市の金額は、正規店で購入するより割高だろう。

しかし偽装ライセンスでダンジョンを攻略する以上、武具やアイテムも、足のつかない闇市で購入するべきだ。

「ひとまず、武器はＦランクのショートソードを、防具は……このＥランクの【マッドフロッグの革鎧】で。それと、Ｆランクの回復薬を五つほどお願いします」

「かしこまりました。こちら合計で……二百万円になります」

おおう……偽装ライセンスの値段と合わせて、五百万円ですか……。

本当は武器もEランクがよかったんだが、万が一も考えて、少しお金はセーブしたのだ。

その代わり、命を守るための防具は、偽装ライセンスの一つ上を買うことにした。

というのも、俺が修行として挑戦するダンジョンは、F級のつもりだからな。一つ上のランクの防具があれば、多少は安心だろう。

それにしても……本当に餓狼で手に入れた金がなかったら、用意できなかったな。

改めてそのことを実感しつつ、俺は指輪からケースを取り出し、支払う。

その際、やはりというか、受付の女性は、俺が【異空の指輪】を使うことにも興味を示さなかった。

支払いを終え、無事に商品を受け取った俺は、指輪にすべて収納すると、【黒館】を後にする。

……さて、準備は整った。

あとは、スキルのクールタイムが切れるまで、どこかで【神滅拳】の修行をするだけだ。

――こうして俺は、修行に向け、動き始めるのだった。

＊＊＊

「ついに、この日がきたか」

俺は目の前のダンジョンを見て、そう呟く。

とはいっても、俺の知る渦のような形態ではなく、金属製の扉に覆われており、中に入るにはライセンスが必要だ。

――闇市に行ってからすでに一か月が経過し、【英霊たちの宴】のクールタイムが切れたことで、ダンジョン攻略に挑戦する日がやってきた。

もちろん、準備していく中で、俺が挑戦するダンジョンも選んであった。

それこそが、ここ――【ゴブリンの洞窟】だ。

その名の通り、ゴブリンだけが出現するこのダンジョンは、攻略者協会が管理するF級ダンジョンで、まったく人気のない場所だった。

事実、周囲には人が一人もおらず、ただダンジョンがポツンと置かれているのみ。

それに、ダンジョンそのものも山奥にあるため、わざわざここにやって来る人間はいなかった。

そしてもう一つ不人気の理由は、このダンジョンから手に入る物があまりにも少ないからだ。

このダンジョンに出現するのは、ゴブリンだけ。

そのゴブリンから得られる素材は、心臓部にある魔石だけなのだ。

しかも、Ｆ級のゴブリンなので、魔石もＦ級。

それなら、売れる素材が手に入る、他のＦ級の魔物が出現するダンジョンに潜った方がいいだろう。

しかし、今のところお金は求めていない俺には、あまり関係ない。

それよりも、人目に付く方が困るのだ。

というのも、俺はスキルの特性上、死なないといけない。

わざと死ぬつもりはないが、万が一死んだ場合、いきなり生き返るのだ。

どう考えても面倒なことになる。

よって、人とパーティーを組むわけにもいかなかった。

まあ【禁薬】のニュースもあったし、組んでくれる人はいないだろうけど。

他にも、このダンジョンでは罠が存在しないようなので、その点も有難かった。

今の俺には、知識はあっても、罠を解除する技術はないしな。

そんなこんなで、このダンジョンを選択した俺は、今までこのダンジョン周辺で【神滅拳】の修行をしていた。

修行も人目に付かない方が集中できると思ったので、都合がよかったんだよな。

ただ……。

「結局、【神滅拳】は習得できなかったな……」

修行を重ねた俺だったが、【神滅拳】を習得することはできなかった。

もちろん、修行が無駄だったわけじゃない。

この期間で【身体強化】による魔力活性化は2倍になったし、目だけでなく、体の各部位の魔力を集中的に活性化させる技術も体得した。

さらに、魔力の放出こそできなかったが、肌の表面にまで魔力を表出させられるようになり、それを纏うことができるようになったのだ。

これがかなり便利で、魔力を纏わせた部位は、非常に頑丈になり、防御力が大幅に向上することに。これで、さらに安全になったわけだ。

ともかく、【神滅拳】こそ習得できなかったが、順調に強くなっていた。

「あとは、このダンジョンを攻略するだけだな」

俺が初めて攻略した餓狼のダンジョンは、恐らくD級。

それに対して、今回のダンジョンはF級なので、普通に考えれば失敗する要素はない。

だが……。

「今までイレギュラーの連続だったからな。ここでも、何か起きるかもしれない」

俺は気を引き締め直すと、偽装ライセンスを使い、ダンジョンに足を踏み入れるのだった。

＊＊＊

「ここが、【ゴブリンの洞窟】か」

中は、それこそ餓狼と戦ったダンジョンと似ており、洞窟になっている。

ただ、どちらのダンジョンもそうだったのだが、光源がないにもかかわらず、明るかった。

「餓狼のダンジョンに比べると、少し狭い、かな？」

同じ洞窟型のダンジョンでも、その広さは変わって来る。

とはいえ、手にしたショートソードを振るうには十分な広さは確保されていた。

「グギャ？」

警戒しながら先に進んでいくと、緑肌の小人のような魔物……ゴブリンが現れた。

ゴブリンは腰に布切れ一枚を巻いており、手には棍棒が握られている。

何よりも、その顔は凶悪で、俺を見つけるや否や、奇声を上げ、襲い掛かってきた。

「グギャアアア！」

「ハアッ！」

しかし、餓狼に比べ、ゴブリンの攻撃速度は非常に遅く、カウンターが取りやすい。

俺はゴブリンの攻撃を横に避けつつ、そのまま首元に剣を叩き込んだ。

その一撃でゴブリンの首が飛ぶと、崩れ落ちる。

「ふぅ……人型の魔物は、急所が分かりやすくていいな」

東攻で散々急所を攻撃する訓練をしていたことが、今ようやく活きていた。

ひとまず初戦を乗り越えた俺は、ゴブリンの胸に剣を突き立て、魔石を探す。

「しまった……ナイフも買っておくんだったな……」

修行のため、ある程度食料などは買い込み、指輪に収納していたわけだが、ナイフは用意していなかった。

こうして少し苦戦しながら魔石を取り出すと、目の前に翳してみる。

「これが魔石か」

餓狼の体内にもあったんだが、あの時は死体ごと持ち帰ればよかったため、こうして確認するのは初めてだった。

ゴブリンも同じように持ち帰れたらよかったんだが、ゴブリンはこの魔石以外に使える場所がないため、死体ごと持ち込むと、逆に手数料を取られてしまう。

そこもまた、人気がない理由の一つだな。

「うーん……こうして全部のゴブリンから魔石を回収していたらきりがないぞ……」

このダンジョンにどれだけのゴブリンがいるのかは分からないが、面倒であることに変わりはない。

「勿体ないが、棄てていくか……」

それか、このダンジョンを出る時や、ボスのゴブリンからだけ取るかだな。

ちなみにここのダンジョンのボスは、ホブゴブリンという、ゴブリンの上位種であり、E級だ。

強さもゴブリンより少し強くなっただけらしいので、今は気にしなくてもいいだろう。

少し先に進むと、再びゴブリンが現れる。

しかし、今度は先ほどとは異なり、五体の群れだった。

「フッ！」

「グゲ!?」

「ギャギャ！」

先手必勝、俺はゴブリンの群れに突っ込むと、一番近くのゴブリンの首をはね飛ばした。

そこでようやく俺の存在を認識したゴブリンたちが、棍棒を振り上げ、襲ってくる。

だが、それらの攻撃を冷静に見つめ、躱し、俺は首、心臓と、急所を突いて倒していった。

罠がなく、一本道であるため、順調に進んでいった俺は、もうボスの広間にまでたどり着いてしまった。

ただ、餓狼の時に比べ、道中に遭遇したゴブリンの数は尋常じゃなく、すでに百体は倒しているだろう。

ゴブリンは繁殖力が強いって聞いていたが……本当みたいだな。

もしこのダンジョンが攻略されてなく、魔物が外に溢れ出していたらと考えると恐ろしい。

そんなことを思いつつ、広間に足を踏み入れると、俺は目の前の光景に目を見開いた。

俺の目の前には、調べた通り、ゴブリンに比べ、肌が少し濃い緑のホブゴブリンが一体。

しかし、それ以外のゴブリンも十数体ほど、その場にいたのだ。

何より……。

「あれは……弓か？」

なんと、そのゴブリンの手には、弓や杖が握られているのだ。

俺の推測が正しければ……弓を持っているのは、ゴブリンアーチャー。

そして、杖を持っているのは、ゴブリンマジシャンだろう。

どちらもホブゴブリンと同じくE級で、このダンジョンに登場したなんて話は聞いていない。

つまり……またしてもイレギュラーに巻き込まれたというわけだ。

「さすがにここまで連続してイレギュラーが続くと……偶然とは考えにくいな」

理由は何だ？

まさか、【英霊たちの宴】か……？

だとすると、どうして……。

つい考え込む俺だったが、それを中断するかのように矢が飛んできた！

「っ！　そうだ、今は戦いに集中しないと……！」

俺は矢を避けると、そのままゴブリンの群れに突撃する。

そして、目の前のゴブリンを斬り伏せたところで、再び矢が飛んできた。

「チッ……！」

その場から一歩下がり、矢を躱すと、再び突撃しようとする。

だが……。

「なっ!?」

突如、火の玉が顔面目掛けて飛んできたのだ！

俺は慌てて立ち止まり、火の玉を回避する。

火の玉が飛んできた方向に目を向けると、そこには杖を構えたゴブリンマジシャンの姿が。

アレは……魔法か。

俺は魔法が使えないため、敵ながら羨ましい。

「クソっ……近づこうにも、アイツらが邪魔をしてくる……」

幸い、アーチャーもマジシャンも一体ずつだが、攻撃してくるタイミングが鬱陶しい。

まずはあのどちらかを倒すか……。

そう決断した俺は、ゴブリンの群れを無視し、まずはアーチャー目掛けて突っ込んだ。

すると、アーチャーは近づく俺を止めようと、矢を放ってくる。

だが、狙いの分かっている矢は避けやすく、体を捻って回避しつつ、前進した。

そんな中、ゴブリンマジシャンの魔法も飛んできたが、威力は強いが、矢に比べて遅いため、こちらも同様に避けていく。

「ギャギャギャ！」

「今度はお前か……！」

そして、あと少しでアーチャーにたどり着くと言ったところで、ホブゴブリンが割り込んできた。

「はあああッ！」

「グギャ!?」

俺が剣を振るうと、ホブゴブリンは手にした棍棒で受け止めようとする。

しかし、その瞬間、俺は【身体強化】を発動し、ホブゴブリンの棍棒ごとたたき斬った。

ただ、その攻撃は少し浅く、一撃で仕留めるには至らない。

クソ……今ので倒せていたらよかったんだが……。

仕方ない、狙いは変わるが、目の前のホブゴブリンから――。

「――ギャ」

「え？　ごふっ!?」

突如、俺の右脇の下に、鋭い痛みが走った。

そのことに呆けた瞬間、口から血が溢れ出て来る。

「な、にが……」

訳も分からず、痛みの方向に視線を向けると、そこには灰色の肌のゴブリンが、ナイフを俺の右脇に突き立てていたのだ。

――ゴブリンアサシン。

その名の通り、気配を消し、獲物を仕留めるE級のゴブリンだ。

まさか、コイツ……最初からいたのか……!?

修行をしてきたとはいえ、気配を読むという技術がない俺は、ゴブリンアサシンを見つけることができていなかった。

その結果、こうして隙を突かれ、攻撃されたのだ。

しかもコイツ……的確に防具で守られていない、脇の下を狙ってきやがった。

俺がゴブリンアサシンに気を取られた瞬間――火の玉が顔面に飛んでくる。

「ぎゃああああああ！」

避ける間もなく火の玉を喰らった俺の顔は、そのまま焼け爛《ただ》れ、視力も奪われる。

すると、腕や足に、鋭い痛みが走った。

どうやら、ゴブリンアーチャーの矢が、突き刺さったようだ。

「クソッ！　クソッ！」

何も見えない俺は、全力で剣を振るうが、何かが当たる気配はない。

そして――――。

「グギャアアアア！」

「ガハッ!?」

凄まじい衝撃が、胴体を襲った。

その衝撃によって吹き飛ばされた俺は、壁に激突する。

何も見えないことで、魔力を纏わせ、防御力を高めることすらできなかった。

「ギィエエエエ！」

「がっ！　ぐっ！」

壁に叩きつけられた俺に対し、凄まじい暴力が浴びせられた。

声の感じからして、ホブゴブリンだろう。

全身を殴打された俺は、もはや手足はぐちゃぐちゃになり、どうすることもできない。

「ひゅー……ひゅー……」

口から漏れ出るのは、情けない息の音だけだった。

そして――――。

「グギャアアアア！」

「――――」

【英霊たちの宴】のスキルレベルが上がったことを感じつつ――――俺は、死んだ。

＊＊＊

「っ！」

『きたか』

『早かったわねぇ～』

目を覚ますと、そこは【英霊たちの宴】の世界だった。

「……死んだか……」

まさか、ゴブリンアサシンがいるとは思いもしなかったな……。

……いや、それだけじゃない。

少し修行して強くなり、Ｄ級のダンジョンも攻略できたからと、慢心していたんだ。

そう振り返っていると、オウシンさんが口を開く。

『それで？　今回は何に殺された？』

「……ホブゴブリンです」

『何？』

俺の言葉に、オウシンさんは片眉を吊り上げる。

『お前……ホブゴブリンごときに負けたと言うのか？』

『いやいや、流石にあり得ねぇだろ？　戦い方を教わってないとはいえ、オウシンの修行を受けたんだ、その程度で死ぬわけねぇ』

『そうね……何か理由があるんじゃない？』

魔女がそう口にしたことで、英霊たちは理由を言うように促してくる。

そこで俺は、ゴブリンアサシンの一撃でダメージを負い、そこから負けてしまったことを告げた。

すると、そんな俺の話を受け、英霊たちは難しそうな表情を浮かべる。

『……そうか。気配読みもできないか……』

『仕方がないんでしょうね。地球では、彼だけじゃなく、他の人もスキルがないと、気配察知はできないでしょ？』

『つくづく平和ボケした世界だな』

そんな英霊たちの会話を聞きつつ、俺は少し気になることを訊いた。

「そう言えば……皆さんは俺の世界のことをどこまで知ってるんですか？　そもそも、地球での俺の動きは、皆さんはご存じなんですか？」

『残念ながら、ここからじゃ貴方の動きを観察することはできないわ。知識に関しても、【英霊たちの宴】のおかげってだけよ』

「な、なるほど」

『もしかしたら、貴方のスキルレベルが上がれば、何か変わるかもしれないわね。こればかりは私たちには分からないけど』

「そう言えば、死ぬ直前、スキルレベルが上がったような……」

自分のスキルに意識を向けてみると、クールタイムが二十七日に減少し、さらに修行期間が二十年になっていることが分かった。

スキルレベルが一つ上がるだけで、修行期間が十年も増えるのか!?

魔女から話を聞いていると、オウシンさんがため息を吐いた。

『はぁ……ひとまず、今回は気配読みも含めて、修行するとしよう。――――ムト』

『――――なんだ』

「うおあ!?」

俺は声を上げ、驚いた。

何故なら突然、誰もいなかったはずの俺の背後から、声が聞こえてきたのだ。

慌てて声の方向に視線を向けると、そこには黒い衣服を身に纏い、のっぺりとした白色の仮面で顔を隠した人間が立っていたのだ。

しかも、その声や体型からは、性別や年齢を判断することができない。

何より不思議なのが、目の前に存在しているはずなのに、少し気を抜くと、そのまま見失いそうなのだ。

驚く俺に対し、オウシンさんはこの黒づくめの人物と話を進める。

『聞いて分かる通り、コイツには気配を読む力がない。となると、気配を消す力もないだろう。そこで今回は、お前の力も借りたい』

『いいだろう。そのために私もいるんだからな』

そう言うと、そのまま白い仮面を俺に向ける。

『私はムト。ただの暗殺者だ』

「は、はぁ……」

思わず気の抜けた返事を返すと、侍はおかしそうに笑う。

『ただの暗殺者なわけあるか！　魔王の首すら斬り落とし、最後までだぁれもお前さんの

姿を見ることは敵わなかったんだろ？』

「ええ!?」

『当然だ。暗殺者である以上、姿を隠すのは当たり前だろう』

こともなげにそう言うムトさんだが……す、すごすぎないか？

改めて、【英霊たちの宴】に存在する、英霊の凄まじさを実感した。

『ともかく、今回はこのムトと共に、お前を鍛えていく』

「わ、分かりました」

『それじゃ、私たちはまた退散しましょうかね』

「あ、ちょっと待ってください！」

前回と同じように消えていく魔女たちに対し、俺は制止の声をかけた。

『ん？　どうしたの？』

「その、いくつか訊きたいことがありまして……」

生き返ってから抱いた疑問を、俺は訊いていく。

「まず俺、このスキルが発動する前は、レベルアップができなかったんです。でも、生き返って、魔物を倒したら、レベルアップできるようになってて……これって、何が原因だったんですか？」

『そうねぇ……』

俺の質問に魔女は少し考える素振りを見せると、口を開いた。

『たぶんだけど、魔力が活性化したからじゃないかしら？』

「で、でもそれだと、他の覚醒者がレベルアップできていたのは……」

『それは貴方が、地球の援助を受けていないからよ』

「え？」

予想外の言葉に目を見開く。

ち、地球から援助を受けていない……？

『いい？　前にも話したと思うけど、貴方のスキルは、地球から与えられたものじゃないわ。ただ、貴方の世界で他の人間が覚醒……つまり、スキルや魔力に目覚めたと同時に、貴方もスキルが解放されただけなの。その解放は、地球から援助を受けてのものじゃなく、ダンジョンが出現したことが理由よ。恐らく、ダンジョンに微かに流れる【アウター】の力の気配が原因でしょうね。他の人間は、ダンジョンの出現を察知した地球が、急遽力の援助をして覚醒させたのに対して、貴方は【アウター】の気配に反応し、元々眠っていた【英霊たちの宴】が自然と覚醒したのよ』

「なるほど……」

『だからこそ、貴方は他の覚醒者とは違って、地球の援助を受けていない状態なわけ。逆に地球からスキルや魔力を授かった人たちは、当然レベルアップの手助けも受けているのよ。地球からの援助がない貴方は、レベルアップをする方法がなかった。ちなみに、貴方たちのレベルアップって現象についてだけど、原理は簡単よ？　倒した魔物の魔力を体内に吸収することで、器……つまり、肉体の魔力保有量を増やし、それによって、当然肉体も強くなるってわけ。貴方の世界の覚醒者は、地球の補助を受けてるから、倒した魔物の魔力がそのまますべて体内に吸収されるけど、本来はそうじゃないの』

「え？」

『それこそが、今回貴方がレベルアップしたことに繋がるんだけど……本来は、魔力が活性化してなきゃいけないのよ。死んだ魔物から放出される魔力は、いわゆる不活性の魔力で、倒した存在の活性化している魔力に引かれて、吸収されるの。だから、私たちは世界から補助を受けなくても、魔物を倒せば自然とレベルアップしたことになるわね。生まれた時から魔力が活性化している私たちとは違って、地球からの補助もなければ、魔力の活性化もしていなかった、だから貴方はレベルアップできなかったのよ』

「そう、なんですか……」

俺が普通の覚醒者と違うせいで、レベルアップできなかったとは……。

『ちなみに、生前の私たちや貴方は、世界から補助を受けていないから、倒した魔物の魔力をそのまますべて吸収することはできないわ。さっきも言ったけど、私たちの場合は、私たちの活性化した魔力の動きに、倒して不活性になった魔物の魔力が引っ張られ、吸収されるから、どうしても限界はあるの。だから、貴方は他の覚醒者に比べ、レベルアップも遅いでしょうね』

「そんな……」

強くならなきゃいけないのに、他の人より遅いだなんて……。

魔女の言葉に唖然としていると、オウシンさんが口を開く。

『そう落ち込むな。確かに他に比べ、成長速度は遅くなるだろう。しかし、すべての魔力を取り込むのも、実は弊害がある』

「え？」

『そうね。倒した魔物の魔力は不活性になるわけだけど、それって淀んだ空気みたいに、あまりいい物ではないのよ。でも、活性化した魔力に引っ張られ、吸収される魔力は、いわゆる綺麗な魔力なの。だから、レベルアップは遅いけど、貴方と他の人間では、レベルアップの際の魔力の保有量の上昇率や、肉体の強化幅は、圧倒的に貴方の方が上ってわけ』

つまり、俺は人より成長が遅いが、同じレベルであれば、誰にも負けない肉体と魔力が手に入ると言うわけか……！

なんとか希望の光が見えたことで、安心していると、魔女は続ける。

『それで？　他に訊きたいことは？』

「あ！　えっと……前回、ダンジョンの正体は【アウター】に滅ぼされて支配下になった世界だって言ってたじゃないですか？　でも、初めてダンジョンを攻略したら、俺たちにとってとても有用なアイテムが手に入るのはなんでだろうって……」

『それも前に言った通り、ダンジョンを攻略すると一時的に世界が【アウター】の支配から解放されるからよ。それで、解放してくれた存在に、少しでも【アウター】に対抗できるよう、世界が数少ない力で残してくれたものが、ダンジョンから手に入るアイテムの正体よ』

「そんな理由が……」

こうして色々話を聞いた俺は、最後に気になることをもう一つ訊ねる。

「あと、前回スキルを発動する切っ掛けになったダンジョンもそうなんですが、予想外の事態に巻き込まれる機会が増えてて……これって何か理由があるんですかね？」

『あん？　そりゃあ、単純にお前さんの運がねぇだけじゃねぇのか？』

「それはそうかもしれないですが……今回、俺が挑戦したダンジョンのボスは、本当はホブゴブリン一体しか出現しないはずなんです。でも、ゴブリンアサシンやゴブリンアーチャーなど、他にも上位種が交じってて……」

俺の話を聞いたオウシンさんたちは、考える様子を見せると、険しい表情を浮かべる。

『……もしかすると、【アウター】に【英霊たちの宴】の存在が気付かれているかもしれんな』

「え？」

『お前の経験してきたことをすべて話してみろ』

オウシンさんに促され、俺は戸惑いつつも、東京変異以降の出来事について話していった。

そして……。

『なるほど……やはり、お前の存在はすでに【アウター】に知られているようだ』

「ど、どういう意味でしょう？」

『そのままの意味だ。正直な話、地球では、【アウター】からの侵略に耐えることはできないだろう』

「っ!?」

予想外の言葉に驚く中、オウシンさんは続ける。

『それは当然だろう？　魔力の使い方すら知らないお前たちでは、【アウター】と戦って勝てるはずがない』

そう言われてしまえば、確かにそうだ。

『地球も当然黙って侵略されるつもりがないから、人間にスキルや魔力を授けたわけだ。しかし、それだけで【アウター】を倒せるのなら、我らがとっくに倒している』

「な、なるほど」

『だが、お前は違う』

「！」

『お前には、我ら英霊や支配されたすべての世界の力が込められたスキル……【英霊たちの宴】があるのだ。これこそが、【アウター】にとって、最大にして最後の障害というわけだな』

『ま、今のお前さんじゃ、障害にもなれねぇけどな』

『そうだ。だからこそ、【アウター】は不安の芽を摘むため、弱いお前を殺すべく、お前の近くにダンジョンを出現させては魔物を解き放ったり、お前だけをダンジョンに引き入れたりしたわけだ』

「そ、そんな……」

俺はオウシンさんの言葉に、愕然とした。

それじゃあ、今までの危機的状況は……すべて、俺のせいだったと言うのか？

俺がいたから、中学校では無関係の人間が巻き込まれた。

俺のせいで、両親は、佑は――。


『――喝ッッッッ！』


「!?」

顔を俯かせていた俺に、凄まじい一喝が飛んでくる。

『顔を上げろ』

慌ててその方向に視線を向けると、オウシンさんが仁王立ちしていた。

「……」

『確かにお前を【アウター】が狙ったことで、無関係の者が巻き込まれただろう。だが、お前のスキルがなければ、いずれ地球は侵略されるのだ。もはや、皆の者が無関係ではない』

「……」

『それでも自身が憎いというのなら――強くなれ』

「！」

『これ以上、【アウター】に奪われぬよう、お前が強くなればいい。そのために我らがいるのだ』

そうだ……俺は強くなると誓ったじゃないか……。

強くなって、佑を助けるって……！

『フッ……いい顔になったな。では――修行を始める！』

――こうして、二回目の修行が始まるのだった。

＊＊＊

オウシンさんの合図とともに、ムトさんを残し、他の英霊たちは全員消えていった。

それを見届けると、前回と同じようにオウシンさんが指を鳴らす。

その瞬間、俺の全身に凄まじい力の圧がかかった。

「ぐっ!?」

『最初は、前回の倍である圧力に耐えながら、修行をしてもらう。もちろん、お前が圧力に慣れてきたと判断したら、さらに強くする予定だ。ちなみに、【神滅拳】は習得できたか？』

「い、いえ、まだです」

『だろうな。我もひと月程度で習得できるとは思っていなかった。故に、此度の修行では、【神滅拳】を発動できるようになってもらうぞ』

「！」

『当然、それだけではない。お前が死んだ原因でもある、気配読みや、気配消しの技術も覚えてもらう』

オウシンさんはそう言うと、再び指を鳴らした。

その次の瞬間、激しい地響きが始まる。

「な、何だ!?」

『慌てるな。修行のため、少々世界を弄っただけだ』

「ええ!?」

とんでもない発言に驚く中、地響きが大きくなっていくと、俺たちの立っている地面から、次々と地面が隆起していった。

隆起した地面はどんどん形を変えていくと、やがて家らしき建物に変わっていく。

そんな大小さまざまな建物が次々と現れ、気付けば巨大な街が出来上がっていた。

目の前で街が完成していく状況に唖然としていると、オウシンさんは続ける。

『今回の修行だが……お前には、あそこに聳《そび》え立つ石碑を破壊してもらう』

「え？」

オウシンさんが示す方向に視線を向けると、ちょうど街の中心らしき場所に、巨大な石碑が建っていた。

『あの石碑は、【神滅拳】を使わなければ破壊できないようになっている。故に、無理やりにでもお前は【神滅拳】を習得せねば、修行は達成できないというわけだ』

「なるほど……」

『さらに、それだけではない』

「！」

オウシンさんはムトさんに視線を向ける。

『ここにいる、ムトから逃げつつ、石碑を破壊するんだ』

「ええ!?」

こ、この人から逃げつつ、【神滅拳】で石碑を破壊だなんて……。

本当かどうかは知らないが、侍の話が本当なら、魔王だなんて物騒な存在の首を斬り落とせる人だ。

しかも、暗殺者として、誰にも姿を見られていないらしい。

そんな人を相手に、逃げ続けることができるのか？　しかも、石碑の破壊まで……。

すると、俺の不安を感じ取ったようで、オウシンさんが笑う。

『フッ……当たり前だが、そんな条件では、お前はその場から動くことすらできず、殺され続けることになるだろう。故に、ハンデをやる』

「！」

『まず当たり前だが、ムトには手加減してもらう。さらに、前回は死んだらその場で復活したが、今回はランダムに復活地点が変化する。そして、ムトはお前を殺すたびに、三十秒その場に留まる。つまり、お前は生き返るたびに、ムトから隠れ、石碑を破壊するんだ』

復活地点を変えるとかもできるのか……いや、街を作り出すくらいだし、今更かもしれないが。

『あと、ムトの標的はお前だが、石碑の前でお前を待ち伏せすることはない。よって、お前はムトから逃げ続けるというわけだ』

「わ、分かりました」

『では、ルールを説明したところで、早速修行を始めよう。最初は逃げる時間として、一分、お前にやる。できるなら、この一分の間に、石碑を破壊してもいいぞ？』

「……分かりました」

そうは言うが、絶対に無理だな。

ここから石碑までの距離も考えると、時間は二、三十秒しか残ってないだろうし、その間に【神滅拳】を発動させられる自信はない。

『ククク……まあいい。では、始め！』

オウシンさんの合図とともに、俺は全力で走り出した。

そしてすぐ、オウシンさんたちの視界から隠れるよう、路地に入る。

まずはどこかに身を隠して、【神滅拳】を発動するために、魔力の放出を身に付けないと……。

それに、ただ隠れるだけじゃダメだ。

石碑に近づくためにも、ある程度動ける場所を選ばないと……。

何はともあれ、最初は身を隠すところから始めよう。

こうして慎重に移動しつつ、適当な家を見つけ、中に入った。

「ふぅ……まずはここで――――」

その瞬間、俺の首が落ち……視界が暗転した。

「ッ!?」

目を覚ました俺は、すぐに周囲を確認する。

すると、そこは先ほど入った家とは、違う場所になっていた。

つまり、俺は死んだというわけだ。

だが……。

「いつ、やられたんだ……!?」

そう、まったく気配を感じなかったのだ。

足音も、匂いも、何も感じない。

「こんなの、どうやって――――」

トス。

額に、衝撃が走る。

それと同時に、俺の意識はすぐに遠のいていった。

「……また死んだ」

恐らく、ナイフが額に刺さったのだろう。

そして……また何の気配も感じなかった。

「不味い……この調子じゃ、石碑に一生たどり着けないぞ……！」

逃げながら【神滅拳】の習得だなんて、甘かった。

まずは、ムトさんに見つからないように、気配を消すこと。

そして、ムトさんの気配を察知できるようになる必要がある。

それらの技術を体得して、初めて【神滅拳】に取り掛かることができるだろう。

「でも、気配を読むのも消すのも、どうすれば――」

『――魔力を消せ』

「え？　ガハッ!?」

気付いた時には、俺の心臓にナイフが突き立っていた。

そのまま地面に倒れ伏すと、遠のく意識の中、あえてムトさんが気配を出しながら現れる。

『お前は今、活性化した魔力を垂れ流している。その時点で、魔力が見える者には、お前の姿は丸見えだ』

「は、い……」

なんとかそう返事をしたところで、再び俺の視界は暗転するのだった。

＊＊＊

――あれから、俺は何度も何度も殺されつつ、気配の察知と、気配の消し方を修行していった。

途中、ムトさんからアドバイスがあり、魔力を消すという意識を持ったわけだが、これがまた非常に難しい。

というのも、どうやら俺は、気付いていなかっただけで、常に全身から無駄な魔力を消費していたようなのだ。

ここに来る前、魔力を肌の上に表出させ、纏わせるという技術を体得したわけだが、それとは別に、魔力が体の外に溢れ出ていたのだ。

俺が体得していた魔力を纏わせるという技術は、自然に放出されるのとは異なり、体内から自力で放出し、それを纏っていた。

しかし、自然に魔力が溢れ出ていたことに気付いてからは、その溢れ出ていく魔力を、そのまま体表を覆うように固定化する意識を持つことで、さらに効率よく魔力を纏わせることに成功した。

ちょっとした気付きから、俺はまた新たな技術を得たのだ。

ただ、魔力を纏わせたところで、結果的に体の外に魔力が出ている以上、今回の魔力を消すという点では意味がない。

俺がするべきことは、全身の魔力を完全に制御し、一つも体から溢れ出ないようにするということだった。

こうしてさらに魔力の制御に焦点を置き、修行していくと、いつの間にか体内の魔力を完全制御できるようになっていた。

とはいえ、それまでの過程で分かったことがある。

それは、仮に魔力を制御し、見えなくしたところで、ムトさん相手では、結局見つかってしまうということだ。

そこで俺は、気配を消す努力はしつつ、逆にムトさんを見つけることに全力を注ぐようになる。

どうやっても見つかるのなら、俺がムトさんの気配を把握し、逃げるしかない。

最初は俺がそうだったように、魔力を探ることから始めた。

しかし、当たり前だが、ムトさんが魔力を見せるようなことはないため、早々に方向性を変える。

また何度も何度も殺されていると、再びムトさんからアドバイスをもらった。

『気配を消せば、そこに【何もない】という違和感が生まれる。まずはそれを探せ』

「ぐぎぃぃ」

——ちなみに、首にワイヤーをかけられ、吊り下げられた状態でのアドバイスだった。

とはいえ、ムトさんのアドバイスのおかげでようやく切っ掛けを掴むことができたわけだが、その『何もない』という違和感は、本当に極僅かなものだった。

それこそ、最初は前後左右、あえて何もない場所に突っ立って、全神経を集中させて、ようやく感じ取ることができたのだ。

……まあ感じ取れたところで、次の瞬間には死んでたんだが。

しかし、一度違和感に気付くと、そこから少しずつ、その違和感が気になりだし、ムトさんを見つけられるようになってきた。

すると、ムトさんは俺の首にナイフを突き立てながら、こんなことを言い始める。

『消された気配への対処はできるようになったな。ならば、次の段階だ』

「かひゅ」

情けない息の返事と共に、また死んで、生き返ったわけだが、すぐにムトさんの言葉の意味を知ることになった。

何故なら……。

「ぐぇえ」

『――――最後は、世界に溶け込んだ者を見つける方法だ』

首を抱きかかえるように絞められながら、そう告げられた。

『先ほどの違和感を見つけられたお前は、気配だけでなく、世界という環境そのものに敏感になっている。だからこそ、ここからは経験がものをいうだろう』

その言葉を最後に、首をへし折られ、再び死ぬ俺。

そして、ムトさんの言葉通り、そこからは怒涛の勢いで殺され続けた。

ただ、この時すでに身を隠すという方法を諦め、ムトさんを見つけ出すことに全力を出していた俺は、それ以降、最後まで大通りでムトさんを探し続けた。

何度も何度もムトさんにあらゆる殺され方をした俺だったが、突然、俺の体に変化が訪れた。

なんと、急に世界が鮮明になり、まるで世界そのものと混ざり合うような感覚を覚えたのだ。

「な、何だ⁉」

いきなりのことで驚く俺だったが、世界と同化したような気分の中、不意に俺目掛けて何かがやって来ることに気付く。

その方向に視線を向けるが、何も見えない。

だが、確実に何かがそこにいることが分かった。

まさかと思い、その方向に手にしていた剣を投げつけると、その何かが剣を避けたと感じ取る。

そして、見えない何かから、急にムトさんが姿を現した。

「ムトさん？」

『……どうやら、【天世観《てんせいかん》】に目覚めたようだな』

「え？」

訳も分からずに呆けていると、ムトさんは続ける。

『今のお前の状態だ。今までの気配を読む修行と、それに伴って生と死を何度も経験したことで、お前は世界の本質を見通す力を手に入れた。その力があれば、もはや私ですら、隠れることはできない』

ま、まさか、そんなとんでもない能力だとは……。

それこそ、今まで散々ムトさんに殺されてきたため、そんなムトさんが隠れられないというのは驚きだった。

ただ、それでも目の前にいたのに姿が見えなかったのは、未だによく分からないんだが……。

『それと、【天世観】に目覚めたことで、気配を消すのも少しは楽になるだろう』

「そう、ですか？」

『言っただろう？　お前はすでに、世界の本質を見通す力を手に入れた。ならば、体もおのずと、その世界の本質に溶け込む術を見つける。今のお前が、気配を消そうと意識すれば、完全に気配を世界と同調させることができるだろう。やってみろ』

「わ、分かりました」

世界と同調させるような……そんな意識の中、俺は目を閉じ、集中する。

すると、ムトさんが口を開いた。

『……思った通りだな。完全に気配は溶け込んだ。これなら、見つかることはないだろう』

「俺自身は、特に変化はないんですが……」

ムトさんはできていると言ってくれるが、俺としては、何かが変わった気がしない。

『最初はそんなものだ』

「はぁ……ちなみに、姿も見えなくなってるんですか？」

『いや、それはまた別の技術だな。とはいえ、今回はそこまで教えられそうにない』

「え？」

『――――ようやく終わったか』

ムトさんの言葉に驚いていると、今まで姿を見せなかったオウシンさんが現れた。

オウシンさんは、気配を溶け込ませた状態の俺を見て、一つ頷く。

『……うむ。どうやら気配に関しては、問題なさそうだな』

『ああ。あと、肉体も完成した』

『そのようだな』

「え、肉体？」

訳も分からず首を捻っていると、オウシンさんが続けた。

『途中から、気にしなくなったようだが、すでにお前の肉体は限界まで鍛え上げられた。

事実、もう圧力を感じていないだろう？』

「あれ？　そう言えば……」

オウシンさんに言われて、俺はようやく自分の体が、なんてことないことに気付いた。

そのことに驚いていると、オウシンさんは笑みを浮かべる。

『お前の器となる肉体は、ひとまず完成したというわけだ。ここからさらに鍛えるためには、人間を辞め、人としての肉体を捨てることになる』

「人間を辞める!?」

『そうだ。いずれはそうなるだろうが……まだ先の話だな』

待って、俺、いずれは人間を辞めるのか……!?

すでに決定事項っぽいけど！

どんどん混乱していく俺だったが、ふとあることを思い出す。

「そうだ！　俺、まだ【神滅拳】を習得できていないんですけど……」

今まで、ただひたすらに気配に関して考えていたせいか、【神滅拳】の方は何も手がついていなかった。

そんな焦る俺に対し、オウシンさんは何故か笑う。

『そうか？　ならば、最後に石碑に向かうとしよう』

「え？」

『どのみち、もう時間だからな』

なんと、もう修行の時間は終わりらしい。

やはりがむしゃらに過ごしていると、時間の経過が早く感じられた。

そんなことを考えつつ、三人で石碑の前に向かう。

『では、今回最後の修行だ。この石碑を破壊してみろ』

「は、はい」

……とは言ったものの、準備は何もできていない。

いや、ここで止まったって仕方がない。

やるだけやろう。

覚悟を決め、俺は右手の魔力を活性化させた。

すると、俺はあることに気付き、驚愕する。

「なっ⁉」

なんと、修行を始める前は2倍が限界だった活性化が、気付けば5倍も活性化していたのだ！

『この二十年間、お前は圧力に耐えるため、常に魔力を活性化させ続けてきたんだ。当然、その中でお前の魔力は鍛えられ、活性化率も上昇している。今のお前のレベルと保有する魔力では、その程度が限界だろうが、レベルが上がれば、もっと強化できるだろう』

「な、なるほど」

ひとまず、最初の問題であった魔力の活性化はクリアできた。

あとは、魔力を放出するだけ……！

俺は自身の体内にある魔力を、右拳に集中させるように意識し、そのまま拳を放った。

「はあああああああああああああッ！」

そして、石碑と俺の拳が衝突する瞬間、集めていた魔力を解き放つ。

すると一瞬、視界が白く染まった。

徐々に視界が回復し、目の前の石碑に目を向け、驚く。

「ま、マジか……」

なんと……目の前にあった石碑どころか、その向こうにあった街の一部も、消し飛んでいたのだ。

これを、俺がやったと言うのか……？

自分のしたことが信じられず、目を疑う中、オウシンさんとムトさんは頷いていた。

『ふむ、思った通りだな』

「え？」

『お前は最初、魔力を消すため、自身の魔力を完全に制御する術を得ただろう？』

「は、はい」

『完全に魔力を制御した今のお前にとって、魔力を放出する程度、造作もないというわけだ』

「あ……」

つまり、俺は修行の中で、いつの間にか魔力を放出できるだけのコントロールが身に付いていたというわけか……！

呆然と手を見つめていると、他の英霊たちがやって来る。

『久しぶり～……って、あらあら！　今回はずいぶんと変わったわね！』

『ああ。人間の枠に収まっちゃいるが……体は極限に達したみたいだな。悪くない』

『魔力の活性化率も、今のレベルで考えれば上等よ！　これなら、次は魔法も教えられるわね！』

「え？　お、俺が魔法を？」

魔女の言葉に驚いていると、魔女は頷く。

『当然でしょ？　地球じゃ、スキルがないと魔法が使えないみたいだけど……私に言わせれば、馬鹿みたいな話よ。私が責任をもって、大魔法使いにしてあげる♪』

「……」

まさか、この俺が……。

唖然とする俺だったが、前回と同じように、体が消え始めた。

その様子を見て、オウシンさんは口を開く。

『今のお前なら、向こうに戻っても、もっと上を目指せるだろう。次に、またこの地にきた時は、魔法に合わせ、さらなる戦い方を伝えてやる。それまでは、精進しろ』

「分かりました！」

俺の返事に満足そうに笑うオウシンさんを見届け、俺は姿を消すのだった。

＊＊＊

「……戻ってきたぞ」

「グギャ!?」

【英霊たちの宴】の世界から復活した俺は、ホブゴブリンたちと対峙する。

ホブゴブリンたちは、たった今死んだはずの俺が生きていることに驚いていた。

しかし、すぐにゴブリンアーチャーやゴブリンマジシャンが、矢と火の玉を放ってくる。

それらの攻撃に対し、俺は前回よりさらに余裕をもって避けることができた。

……体が軽い。

それは、生き返って最初に感じた感想だった。

修行中は、ずっと圧力の中で生活していた。

だが、今はその圧力がない。

俺はその場から一息に跳ぶと、ゴブリンアーチャーの下にたどり着く。

「ギャギャ!?」

「ハッ！」

そして、驚くゴブリンアーチャーの首を、そのまま斬り落とした。

さらに流れるように、その近くにいるゴブリンマジシャンに接近すると、そのまま心臓に剣を突き立てる。

「グゲェ!?」

そうしたところで、俺の背後に何かが迫っているのを感じた。

これは間違いなく、ゴブリンアサシンだろう。

死ぬ前は、コイツの一撃がきっかけで、やられてしまった。

だが、今の俺は違う。

ゴブリンマジシャンを始末した俺は、その身体から剣を引き抜くと、背後に向け、剣を突き出した。

　すると……。

「グ、ゲ……」

　突き出した剣に、ゴブリンアサシンがそのまま突き刺さった。

　俺は突き刺した剣で、ゴブリンアサシンを股まで引き裂く。

　こうして、死ぬ前に苦戦させられた上位種を、一瞬で殲滅することができた。

「残りは……お前だ」

「グ、グギャ……」

　ホブゴブリンに剣を向けると、ホブゴブリンは一瞬その場から後ずさる。

　そして、大きな雄叫びを上げた。

「グギャアアアア！」

「ギャギャギャ！」

　その雄叫びを受け、ホブゴブリンの周りにいたゴブリンたちは、俺目掛けて突っ込んできた。

　しかし……。

「ハアッ！」

5倍まで魔力を活性化させられるようになった俺は、迫るゴブリンの群れを、一太刀で斬り伏せる。

それと同時に、どこまで効果があるのかは分からないが、俺の気配を世界に溶け込ませた。

「ギャギャ!?」

すると、効果は絶大で、ホブゴブリンは俺の姿を見失ったのだ。

俺はその隙を突き、ホブゴブリンの懐に潜り込むと、腹に剣を突き立てる。

「グゲエエエ!?」

「――――終わりだ」

そして、そのまま脳天まで、剣を振り上げるのだった。

すべてのゴブリンを倒し終えた俺は、一息つき、その場に座り込む。

「なんとか、なった……」

オウシンさんたちの話が本当なら、俺は【アウター】に狙われている。

そのせいで、普通のダンジョンより凶悪になったり、ダンジョン関連の事件に巻き込まれるのだ。

そんな状況から抜け出すためには、それらを解決できるだけの力がいる。

そのためにも、これからも修行を続け、上のランクのダンジョンを攻略し、強くなるしかない。

だから……。

「……ライセンスを取りに行かないとな」

さらに上を目指すために、俺は正式にライセンスを取得する決意を固めた。

ライセンスを取得したら、すぐにランクを上げ、上級のダンジョンをクリアしていくのだ。

そして必ず……佑を助けてみせる。

――【ゴブリンの洞窟】を攻略すると同時に、俺は新たな目標を定めるのだった。

第四章

【ゴブリンの洞窟】を攻略してから約ひと月。

俺はこの時間を使って、ライセンス取得のため、動いてきた。

ライセンスを取得するための試験は毎週行われており、各地から攻略者になるための人間が集まる。

そのほとんどが、攻略者育成学園に通う生徒だ。

というのも、ライセンス取得の試験は筆記と実技があり、筆記にはダンジョンや魔物に関する知識が必要になる。

そして実技では、実際に協会が保有しているダンジョンを使って行われるのだ。

それら二つを学べる場所こそ、攻略者育成学園で、この学園に通っていない人が試験を通過するのは、非常に難しかった。

昔の俺なら、この試験は諦めるしかなかっただろう。

だが、俺は修行をしたことで、この試験を受ける資格がようやく手に入った。

筆記に関しては、東攻に通っていた頃から、必死に勉強していたので問題ない。

それこそ昔はスキルも使えなかったので、知識を蓄えるくらいしかできることがなかったのだ。

あとは実技だが……こちらは毎回、同じダンジョンで行われる。

それは、E級ダンジョン【骸骨迷宮《がいこつめいきゅう》】だ。

このダンジョンには罠はなく、E級の魔物であるスケルトンが登場し、ボスはD級のスケルトンウォーリアとなっている。

何より特徴的なのが、このダンジョンは入り口が複数あり、さらにスタート地点もバラバラで、入場するたびにスタート地点が変化するのだ。

そのため、始まる場所によっては、相手にする魔物の数も増え、ボスまでの距離が遠くなる場合もある。

……今までのことを考えると、何かが起こるのは間違いないだろう。

俺のせいで巻き込まれるかもしれないが……俺ができることは、少しでも早くダンジョンを攻略し、皆を巻き込まないようにすることだな。

そんなこんなで、俺は改めて試験について調べたり、【ゴブリンの洞窟】の周辺の山で【天世観】を使う修行をして過ごした。

ちなみに【ゴブリンの洞窟】のボスだったホブゴブリンたちの素材は、上位種とはいえ、ゴブリンと変わらず売れる部位は魔石しかないため、その魔石だけを回収し、指輪に収納してある。

偽装ライセンスを使って攻略したダンジョンの代物なので、売るのはまた闇市になるだろうな。

――ともかく、約ひと月の準備を終えた俺は、試験会場である東京攻略者協会にやって来ていた。

「……」

周囲を見渡すと、やはり制服姿の学生が多い。全員、攻略者育成学園の生徒だろうな。

ちなみに育成学園の生徒が着ている制服は、特殊な素材で作られており、そんじょそこらの防具より優れていたりする。

まあ当然俺は、退学の時に学生服も没収されたがな。

そんな風に周りの様子を観察していると、【天世観】で近づいてくる気配に気付いた。

「――おいおい、どうして犯罪者がここにいるんだぁ？」

「……」

声の方に視線を向けると、そこには厭らしい笑みを浮かべた張本と、その取り巻きたちが立っていた。

張本は俺に近づいてくると、心底馬鹿にした様子で続ける。

「まさかとは思うが……犯罪者のお前が、ライセンスを取得しようなんて考えちゃいねぇだろうなあ？」

「……」

不愉快な声に眉を顰めつつ、俺は内心ため息を吐く。

はぁ……この時期はどこの育成学園もライセンス取得に動き出すんだよな……。

もちろん、落ちたところで何度でも試験は受けられるが、試験にはお金がかかる。

なので、大体の生徒は卒業まで勉強してから受けるのだ。

しかし、中には卒業する前に、腕試しとして受ける人間も存在する。

こちらは、もし仮に受かってしまえば、そのまま攻略者として活動できるようになり、育成学園の早期卒業も可能だった。

そして、目の前の張本は、その腕試しとしてきたのだろう。

そう分析していると、さらに俺に近づいてくる気配に気付く。

「護……」

「……何故君がここにいる？」

「……」

視線を向けると、そこには複雑な表情を浮かべる千夏と、その父親である竜太郎さんが立っていた。

その二人を無感情に眺めていると、竜太郎さんは不愉快そうに続ける。

「何故君がここにいるのかと訊いているんだ」

問い詰めるような勢いに対し、俺は淡々と答えた。

「ライセンスを取得するためです」

「何……？」

俺の言葉に、竜太郎さんは眉を顰める。

「君が？　冗談だろう？　何もできないくせに」

「……貴方がどう思おうと勝手です。もう我々は無関係なんですから」

東攻で度々張本たちから守ってくれた千夏には感謝している。

だからこそ、竜太郎さんが千夏にとって俺が邪魔だと判断したのなら、俺は何も言うことがない。

実際、世間で犯罪者のように扱われている以上、俺と千夏が関わってもいいことはないだろう。

すると、俺の言葉を聞いた千夏が反応した。

「どうしてそんなことっ……！」

「千夏ッ！」

「っ！」

竜太郎さんが声を荒らげると、千夏は身を竦《すく》ませる。

「前にも話しただろう。二度とコイツに関わるんじゃない。お前とコイツでは、住む世界も、人間としての価値も違うんだ」

「お父さん……どうしてそんなこと……」

「行くぞ」

呆然とする千夏の手を引き、竜太郎さんは去っていった。

しかし、とうとう『コイツ』呼ばわりか……。

昔はおじさんなんて呼んでいたのが、嘘みたいだな。

まあでも、竜太郎さんの態度が変わるのも仕方がないだろう。

竜太郎さんはこの異変の中で、すぐ魔力や魔石に目を向け、それらの事業で成り上がり、今や大企業のトップだ。

さらに、千夏はA級スキルを覚醒させた、東攻でも期待の生徒。

住む世界が違うな。

ただ、以前ほど、そのことに悲観しなくなっていた。

俺には……目標があるから。

だから、他の人間に構っている暇はないのだ。

気を取り直し、俺も会場に向かおうとすると、再び不愉快な声に止められる。

「お前、本気で試験受けるつもりかよ？」

「いるんだよなぁ、こういう身の程もわきまえない、目障りなヤツがさぁ」

「どうせ落ちるってのに、何考えてんだ？」

「そうそう。てか、落ちるって分かってる人間の採点もしなきゃいけない試験官が可哀そうだろ？　だから、とっとと帰れよ」

今にも殺さんと言わんばかりに凄んでくる張本たち。

しかし……俺は無視して会場に向かった。

すると、張本たちは驚いた表情を浮かべ、慌てて俺の肩を掴もうとする。

「おい、待てよッ！」

「……」

だが、【天世観】でそれを察知していた俺は、そのまま軽く身を躱し、何事もなかったかのように会場に向かうのだった。

さすがに試験会場内に入ると、張本たちも表立って騒ぐことは無くなり、俺を射殺さんばかりに睨んでくる。

そんな視線を無視していると、他にも周りから見られていることに気付いた。

その視線は育成学園の生徒以外が試験に来ていることに対する驚きと、以前の俺の【禁薬】に関するニュースを知る者による侮蔑の視線だった。

……ずいぶんと人に嫌われてるな。

自分の状況を自嘲しつつ、試験の手続きを終えると、そのまま筆記試験の会場に案内された。

案内された席に着き、しばらく待っていると、問題用紙と解答用紙が配られ、ついに筆記試験が始まる。

このひと月の間、勉強もし直していた俺は、特に問題なく解答することができた。

こうして筆記試験を終えた俺は、ついに問題の実技試験会場へと向かう。

そこは巨大なドームであり、目の前にはダンジョンの入り口である黒い渦が五つ並んでいた。

あそこが、【骸骨迷宮】なのだろう。

本当に入り口が複数あるんだな……。

そんなダンジョンの周辺には、協会所属の攻略者が待機していた。

万が一、試験で何かが起きた場合、彼らが対処してくれるはずだ。

今のところ、イレギュラーに巻き込まれ続けている俺からすると、非常に心強い。

周囲を観察していると、試験監督がやって来て、試験についての説明が始まった。

「皆も知っての通り、実技試験ではこの【骸骨迷宮】を攻略してもらう。そして、試験には最大五人のパーティーで挑戦可能だ。もちろん、人数が少ない方が試験としてのポイントは高いが、見ているのはそれだけではない。パーティーの連携なども審査項目に入る」

そう言うと、監督は俺たちを見渡す。

「ちなみに、迷宮内部には外とも繋がる特殊なカメラがいくつも設置してあり、それらを使って採点していくことになる。さらに、万が一試験中にトラブルが発生しようとも、すぐにここにいる攻略者たちが救出に向かう」

なるほど、迷宮内のカメラは、採点だけでなく、監視の意味もあるのか。

「さて、試験は五パーティー同時に行うため、ボスに挑むのは早い者勝ちだ。では、十分後、試験を始める。パーティーを組む者は、今のうちに組んでおくように」

こうして試験監督の説明が終わると、皆がそれぞれパーティーを組むために動き出した。

当然、それぞれの学校の人間同士で組むことになり、張本は取り巻きたちと、千夏は友人たちとパーティーを組んでいた。

そして俺は、一人だ。

まあ世間での俺の評判を考えれば当然だな。

何より、俺はスキルのせいで、【アウター】に狙われている。

一人でいる方が、他の人を巻き込む心配がない。

あっという間に十分が経過すると、早速試験が始まった。

審査員は迷宮内の映像を見ることができるが、俺たちはそれを見ることができないため、どうなっているのかは分からない。

とはいえ、今のところは特に問題なく、順調に試験は進んでいた。

するとついに、俺の番がやって来る。

しかも、同じタイミングでダンジョンに潜るのは……千夏のパーティーと、張本たちのパーティーだった。

「調子に乗りやがって……」

張本たちが凄まじい形相で睨んでくるが、俺はそれを無視する。

そんな中、試験監督が声をかけてきた。

「君は……一人だが、本当にいいのか？」

「はい、大丈夫です」

「……そうか」

俺の言葉を聞き、試験監督はそれ以上何も言わなかった。

試験監督も、無謀な挑戦だと思っているんだろうな……。

オウシンさんたちに出会う前の俺だったら、同じことを思っただろう。

でも……今は違う。

地獄のような修行を経験してきたんだ。

ここでライセンスを取得して……俺はもっと、強くなってみせる……！

そんな決意を胸に、試験開始の合図を受け、ダンジョンに入るのだった。

＊＊＊

「――――ハアアッ！」

園田千夏は、押し寄せるスケルトンの群れを、一太刀で斬り伏せた。

その様子を見て、同じパーティーの面々は感心する。

「さすが千夏！」

「相変わらずすごいわねぇ」

「ありがと！　でも、皆のサポートのおかげだから」

それぞれの称賛に苦笑いしつつ、千夏はそう答える。

「いやいや、私たちがいなくても、千夏なら楽勝でしょ」

「そうそう。何なら一人でも大丈夫なんじゃない？」

「いや、流石にそんなことは……」

「ええ？　でもAランクスキルを持ってるんだし、E級のこのダンジョンなら余裕でしょ！」

パーティーメンバーの言う通り、千夏はA級スキル【剣豪《けんごう》】が覚醒した。

【剣豪】は、刀剣類に対する理解度が高まり、さらに通常の剣術スキルに比べ、習得できる技や威力が、遥かに高い。

それこそ、E級のスケルトン程度では、群れであっても脅威にならないほどである。

さらにここからレベルが上がり、強くなると考えれば、高ランクのスキル持ちがどれほど凄まじいか理解できるだろう。

すると、ふとパーティーメンバーの一人が思い出したように声を上げた。

「あ、一人で思い出したけど……アイツ、ヤバくね？」

「アイツ？」

「あー、宇内でしょ？」

「！」

護の話題が出たことで、千夏は体を強張らせた。

すると、そんな千夏の反応を見て、パーティーメンバーは続ける。

「やっぱりあんな奴の顔、見たくもないよね？」

「今まで散々千夏が守って来てやったのに、【禁薬】に手を出して、挙句の果てにはそれを千夏に使おうだなんて……」

「考えるだけでも悍《おぞ》ましいよね」

心底侮蔑した様子でそう語る面々。

そんな話を聞きながら、千夏は顔を俯かせる。

「(護は……そんなことをするヤツじゃない。そんなことないのに……！)」

千夏は何度もそう訴えたが、誰も話を聞いてくれなかった。

張本たちによる証言、そして英雄である弟を窮地に追いやった、無能な兄であることが、この状況を作り出していたのだ。

当然、ニュースになった際、千夏もインタビューを受けることになった。

そこで護の無罪を主張するも、メディアが求めているのはそんなものではなく、ただ叩き、騒がれるための存在だった。

さらに、父親である竜太郎の圧力もあって、結局千夏の発言は、闇へと葬り去られることに。

護本人から話を聞こうにも、竜太郎に止められ、さらに護はそのまま姿を消してしまった。

こうして千夏には、真実を知る機会が失われたのだ。

だが、今日ここで、護と再会を果たす。

すぐにでも護と会話をしたかったが、付き添いで来ていた父親に止められ、結果、また話を聞くことができなかった。

今度こそ……ちゃんと護の話が聞きたい。

その一心で、千夏はこの試験に臨んでいた。

そんな千夏の心情を知らず、メンバーは千夏を元気づける。

「でも、気にすることはないよ！　今日は私たちもいるし！」

「そうそう！　あんなクソ野郎には、指一本触れさせないから！」

「……」

千夏は、皆の言葉に黙っていることしかできなかった。

そんな会話をしつつも、千夏たちはどんどん先に進んでいく。

というのも、A級スキルを持つ千夏以外の面々も、こうして腕試しに来る程度には優秀なのだ。

さらに、最初のスタート地点にも恵まれ、道も一本ということもあって、特に迷うことなくボスの部屋まで到達した。

ボスの部屋は重厚な扉で閉ざされており、この扉を進むと、ボス戦が始まる。

「ついにボスか……」

「この感じ、もしかして私たちが一番なんじゃない？」

「嘘、本当？　それならボスを倒せば、ウチらワンチャン合格できるかも！」

「早く行こう！」

ボスとの戦闘に一番乗りを果たしたとあって、千夏たちは意気揚々とボスの部屋に入った。

するとそこには、事前に調べていた通り、スケルトンウォーリアの姿が。

「あれがスケルトンウォーリア……」

「なぁんだ、スケルトンが鎧を着ただけじゃん」

メンバーの一人が言う通り、現れたスケルトンウォーリアは、スケルトンが革鎧を着た程度の違いしか見受けられなかった。

手にしている剣も、特に変わった様子はない。

しかし、実際は知能が向上しており、さらに力も強かった。

「油断しないで！　個体によっては、Ｃ級相当の強さもあるって……」

「いやいや、千夏も知ってるでしょ？　このダンジョンでは、そんな個体は一度も出たことがないって」

「そうそう！　気にしすぎだよ！」

「で、でも……」

「ほら、いいから！　早く倒さないと、他の連中が来ちゃうよ！」

皆に促された千夏は、どこか納得がいかないながらも、スケルトンウォーリアとの戦闘を始めた。

もちろん、ただの生徒程度であれば、スケルトンウォーリアは非常に厄介な存在だ。

それどころか、道中のスケルトンすら危険な相手である。

というのも、スケルトンはゴブリンなどに比べて知能が高く、何より倒すには、頭蓋骨を粉砕するか、首を斬り飛ばすくらいしか方法がないのだ。

そして当然、多少の知能があるスケルトンは、自分の弱点を把握しており、そこに対する攻撃は回避する傾向がある。

そのため、戦い慣れていない人間にとっては、かなり厄介な存在だった。

しかし、A級スキルを保有し、なおかつ、学校や家の支援を受け、レベル上げを行っていた千夏を、止めることはできなかった。

「確かに強い……けど……！」

「――――!?」

千夏はスケルトンウォーリアの剣を弾き飛ばすと、そのままの勢いで、首を斬り飛ばした。

斬り飛ばされたスケルトンウォーリアは、そのまま崩れ落ちる。

その様子を見て、千夏は息を吐いた。

「ふぅ……」

「やったあ！」

「さすが千夏！」

千夏が倒したことで、パーティーメンバーは歓声をあげた。

「これ、マジで合格あるんじゃない!?」

「ほんと、千夏のおかげだよ！」

誰もが勝利を確信し、結果について思いを馳せていた――その時だった。

「ッ!?」

突如、千夏を酷い悪寒が襲う。

さっと顔色が変わった千夏を見て、メンバーの一人が声をかけた。

「あれ？　千夏、どうしたの？」

「何か、嫌な予感がする……」

「嫌な予感？」

「またまたぁ。これで終わり――」

そう言いかけた瞬間だった。

千夏の目の前を、黒い何かが横切る。

そして、千夏の前で笑っていたメンバーの一人が、壁に叩きつけられた。

「ガハッ!?」

壁に叩きつけられた少女の体には、黒い鉄球がめり込み、完全に体が破壊されている。

その光景に、千夏たちは呆然とした。

「奈々子《ななこ》？」

「え、は、え？」

「何が……」

理解できない状況の中、奈々子と呼ばれた少女にめり込んでいた黒い鉄球が、凄まじい勢いで動いた。

するとその鉄球は、また別の千夏の仲間に襲い掛かり、同じように壁に叩きつける。

「あぎぃえ!?」

「摩耶《まや》あああああああああああ！」

千夏は急いで黒い鉄球を操る正体に、視線を向ける。

「なっ……!?」

するとそこには……鎖付きの黒い鉄球を手にした、金属鎧を着たスケルトンの姿が。

さらに、その背後には、スケルトンが十数体と、同じく金属鎧を着て、大剣を手にした二体のスケルトンが立っていたのだ。

そのスケルトンを見て、メンバーの一人が呆然と呟く。

「う、嘘……どうして……」

「ぼ、ボスは倒したはずじゃん……し、しかも、どうして……どうしてスケルトンナイトが……!?」

突如この場に現れたのは……C級のスケルトンナイトと、スケルトンの群れだった。

不測の事態に呆然とする中、大剣を持つスケルトンナイトが、千夏たちに切っ先を向ける。

それを合図に、スケルトンたちが一斉に襲い掛かった。

「ッ！　恵梨香《えりか》、梨乃《りの》！」

すぐさま千夏が剣を構え、残るメンバーに声をかける。

しかし……。

「あ、ああ……」

「ひぃ！」

二人は目の前で仲間がやられたこと、そして不測の事態を前に、身動きが取れなくなっていた。

そんな二人の様子を見て、千夏は歯を食いしばり、迫りくるスケルトンの群れを斬り伏せた。

だが、その瞬間、もう一体のスケルトンナイトが持つ、あの凶悪な鉄球が、メンバーに襲い掛かる。

「やあああああああああっ！」

それを見て、千夏はすぐに鉄球とメンバーの間に割って入ると、真正面から鉄球を剣で防いだ。

「ぐぅっ……！」

しかし、A級のスキルを持つ千夏であっても、レベルが低い今の状況では、C級のスケルトンナイトの攻撃を真正面から受け止めるのは、かなり無茶だった。

現にその一撃は受け止めきれず、千夏は吹き飛ばされる。

それでもなんとか空中で体勢を立て直し、着地した。

「はぁ……はぁ……」

力の差があり過ぎる……今のレベルじゃ、コイツと正面からやり合うのは無理だ……！

千夏は窮地に立たされながらも、冷静に自身と相手との戦力を分析していた。

「(一体だけならなんとかなるのに……！)」

この場に現れたスケルトンナイトが一体であれば、千夏一人でもどうにか持ちこたえることができただろう。

何より、この状況はすでに審査員に伝わっているはずだ。

千夏よりもずっと強い攻略者が、すぐにでもやって来るだろう。

倒すことができずとも、救援が来るまで持ちこたえればいい。

だが、スケルトンナイトが二体になると、話は変わる。

一体を相手にするので精一杯である上に、今はパニック状態の仲間がいるのだ。

そんな二人を守りつつ、スケルトンナイトから身を守るのは……ほぼ不可能だろう。

「くっ……かかって来なさいよ！」

しかし千夏は、自身を奮い立たせると、スケルトンナイトを相手に、啖呵を切るのだった。

＊＊＊

――護たちが試験を始めた頃。

試験会場である【骸骨迷宮】内部が映し出されたモニターの前で、試験監督や審査員たちが、生徒たちの攻略する様子を見ていた。

「んー……今年もパッとしねぇなぁ」

すると、一人の審査員がつまらなさそうにそう呟く。

「そうか？　ほら、今回唯一のA級覚醒者は凄まじいじゃないか」

モニターを見つめ、そう告げる別の審査員。

「ソイツ、確かあの園田グループの令嬢ですよね？　はぁ、金持ちで、かつＡ級覚醒者とか、羨ましい限りだぜ……」

そう言うと、一人の審査員は、どこか恨めしそうにモニター内の千夏を見つめた。

東京変異以降、覚醒者が各地で現れた現代において、その覚醒者の価値を示すのは、やはりスキルだった。

この六年という短い時間の中で、人類は現在発見されたスキルにランク付けを行い、より強力なスキルを持つ覚醒者を囲うようになったのだ。

中でもＳ級にランク付けされるスキルを持つ覚醒者は、国内には十数人しか存在せず、それらは唯一無二の力を誇り、このダンジョン社会において、国によっては王族並みの扱いを受けることもあった。

その次に強力なＡ級スキルは、Ｓ級のように唯一性こそないものの、非常に強力で、やはり覚醒者の数は少ない。

こうしてスキルによる格差ができたことで、世間は徐々に、スキル至上主義へと変わりつつあった。

「しっかし、コイツのパーティー、完全に園田の令嬢におんぶにだっこじゃねぇか」

強力なスキルを持つ千夏のパーティーは、審査員たちの目から見ても、明らかに千夏一人で成り立っているのが分かった。

「この調子じゃ、他の連中は不合格だな」

「そう言えば、今回もいたんですよね？」

「ん？　何がだ？」

「ほら、一人で挑戦するヤツ」

「あー、いたな。しかも、あの宇内佑の兄だ」

「ええ!?　あ、あの英雄の!?」

審査員たちの間に、軽いざわめきが起きた。

しかし、それはすぐに収まる。

「あれ？　でも確か、宇内佑の兄って……」

「出来損ないの犯罪者だな」

「うわぁ……」

あまりの暴言に、審査員の一人は気の毒そうな声を上げた。

だが、実際に世間での護に対する認識は、これで固まりつつあった。

「だってそうだろ？　弟は命がけで戦って、しかも兄を守った結果、寝たきりになったんだ。そのくせ、何もできねぇ兄は、【禁薬】を女に使おうとしたって話じゃねぇか」

「聞けば聞くほどクソ野郎だよな」

「でも、どうしてそんな人間が普通に試験を受けられてるんですか？　てか、なんで外に出てきてるんだ？」

「それが、証拠不十分で不起訴だと。証言はあるのにな」

「何だか嫌な感じっスねぇ。でも、そんなヤツだから、誰も組んでもらえなくて、一人で挑戦することになったのか」

「仲間がいたとしても、不合格だろ。だって無能で有名な兄なんだぞ？　どう頑張ったって――」

「お、おい！　緊急事態だ！」

『！』

審査員の一人が、大声を上げた。

「どうした!?」

「スケルトンナイトが、ボスの部屋に出現しやがった！」

「何!?」

「至急、救助隊を送れ！」

「馬鹿な……【骸骨迷宮】はE級のダンジョンだぞ!?　どうしてC級の魔物が……!」

「しかも、二体いやがる……!」

「クソ、スケルトンナイトにやられた生徒の安否は!?」

「駄目です!　映像では判断できません!」

「クソッ……救援がつくまで、どれくらいかかる!?」

「最短でも五分だ」

「……不味いな……」

審査員たちは、モニターに映る千夏たちの様子を見て、そう呟いた。

審査員たちから見ても、千夏はC級の魔物を相手にも十分戦える。

しかし、それは一対一での状況の話だ。

現在の千夏は、二体のスケルトンナイトに狙われているだけでなく、パニック状態でお荷物な、仲間まで守らなければならない。

そんな状況では、いつも通りの力を発揮するのは難しかった。

「このままじゃ……」

救援がたどり着くまで持ちこたえられる可能性は限りなく低い。

そのことに、審査員たちが歯噛みをした……その時だった。

「！　み、見てください！」

「どうした!?」

「凄まじい勢いでボス部屋に向かってる人がいます！」

「何？」

慌てて審査員たちがモニターを確認すると、そこには襲い来るスケルトンをものともせず、どんどん進んでいく様子が目に飛び込んできた。

何より、その人物は――――。

「なっ……宇内護!?」

先ほど、散々馬鹿にしてきた、宇内護だった。

たった一人で試験に挑むことになった護は、ダンジョンに足を踏み入れた瞬間、運が悪いことに、ボスの部屋から一番遠い位置でスタートすることになった。

その上、道中のスケルトンの数は非常に多く、道も複雑で、一人だけ攻略の難易度が段違いだったのだ。

しかし護は、そんな状況をものともせず、ただひたすらに突き進んでいくと、道を塞ぐスケルトンたちを、素手で粉砕していた。

「ば、馬鹿な……スケルトンが一撃で……」

「お、おい。コイツ、無能じゃねぇのか……？」

Ｂ級以上のスキルに覚醒するか、高レベルの攻略者でなければ、スケルトンをたった一撃で粉砕するなどできない。

それが、無能と呼ばれている護であれば、なおさらだった。

だが、護はスケルトンの攻撃を最小限の動きで躱しては、頭部と首だけを的確に攻撃し、一撃で葬り去っていくのである。

世間で無能と呼ばれている姿から、かけ離れていた。

「い、一体何が起きているんだ……」

審査員たちが目の前の光景に絶句する中、ついに護はボスの部屋にたどり着いたのだった。

＊＊＊

「ふぅ……ようやくたどり着いたな」

何だか妙に長かったと言うか、たくさん襲われたと言うか……もしかして、一番運の悪い場所を引いたのかもしれない。

何はともあれ、ボスの部屋までたどり着いた。

「時間はかかったし、もう倒されたか？」

そんな不安を抱きつつ、中に足を踏み入れると……俺は目の前の光景に驚いた。

「この状況は……」

「っ！　護!?」

「千夏？」

視線を向けると、千夏が二体のスケルトンを相手に、激しい戦闘を繰り広げていた。

しかも、その二体は金属鎧に身を包んでおり、片や鉄球、片や大剣という組み合わせだ。

あの鎧……スケルトンナイトか!?

馬鹿な、ボスはスケルトンウォーリアだったはず……！

まさか、俺のせいで……。

そう考えたところで、一瞬俺に気を取られた千夏が、スケルトンナイトの大剣によって、剣を弾かれてしまった。

その隙を逃さず、鉄球のスケルトンナイトが、千夏目掛けて鉄球を放つ。

「あっ……」

「千夏……！」

俺は一気に加速すると、そのままスケルトンナイトたちの間に割り込み、迫りくる鉄球を剣ではじき返した。

だが……。

「チッ……折れたか……」

今の一撃で、俺のショートソードは砕け散ったのだ。

仕方がない……ここまで連戦だったことと、元々はF級の武器だ。C級のスケルトンナイトの攻撃を受け止めるのは、流石に無理があったか。

しかし、千夏を救う時間は稼げた。

俺は千夏を抱きかかえると、すぐさまスケルトンナイトたちから距離を取る。

「ま、護……その力は……」

「話はあとだ。お前の仲間は……」

そう口にしつつ、俺は【天世観】で千夏のパーティーメンバーの様子を確認した。

特にダメージを負っていない二人は、この状況に唖然として、使い物にならない。

逆に壁に叩きつけられている二人は、ギリギリ生きているような状況だった。

……不味いな。あの二人を助けるには、急いでコイツらを片付けないと。

千夏を降ろした俺は、そのままスケルトンナイトに向かい合い、突っ込もうとする。

だが、それを千夏が止めた。

「駄目、護！　護じゃ勝てないよ……！」

「千夏……」

千夏は弾かれた剣を拾うと、震える体を押さえ、スケルトンナイトと向かい合う。

「私が……皆を守るから……私が……！」

どこか虚ろな表情の千夏。

千夏は……俺が東攻時代から……いや、東京変異が起きて、両親を失った時から、俺を傍で守ってくれたよな。

俺はそっと千夏の手に触れると、そのまま剣を降ろさせる。

「護……？」


「――――今度は、俺が守る番だ」


正直なところ、世界がどうなろうが、俺の知ったことではない。

でも……大切な人だけは、守り抜きたい。

だから俺は、強くなろうとしているんだ。

スケルトンナイトたちに鋭い視線を向けると、俺は【身体強化】を施し、一気に距離を詰めた。

そして、目の前にいる大剣のスケルトンナイトに殴り掛かる。

「ハアアアアアアアアッ！」

「────！」

大剣のスケルトンナイトは、咄嗟に大剣を構えて防ごうとするが、俺はその守りごと、スケルトンナイトを殴り飛ばした。

殴り飛ばされたスケルトンナイトは錐もみ回転し、壁に激突する。

だが、今の一撃では、確実に仕留めきれなかった。

そこで、俺はさらに壁に激突したスケルトンナイトに迫ると、そのまま飛び蹴りを顔面に喰らわせる。

その際、足には魔力でコーティングを施してあり、大剣のスケルトンナイトの頭蓋骨を粉砕した。

こうして一体のスケルトンナイトを倒し終えたところ、【天世観】が危険を告げる。

俺はその感覚に従い、身を捻ると、すぐ傍を黒い鉄球が凄まじい勢いで通りすぎた。

「最後はお前か」

「――――」

スケルトンナイトは鉄球を手元に引き戻すと、その場で回転させる。

そして、勢いのついた鉄球を、再び俺目掛けて放った。

「フッ！」

その攻撃を躱し、スケルトンナイトに迫る俺。

だが、スケルトンナイトが手元の鎖を勢いよく引っ張った瞬間、俺の横を通り過ぎた鉄球が、背後から襲うように変化した。

「護ッ！」

その様子を見て、千夏が悲鳴を上げる。

しかし、【天世観】に目覚めた俺は、その攻撃も見えていた。

何より……オウシンさんやムトさんに比べれば、大したことはない。

向こうは最大限に手加減してようやく、その攻撃の片鱗が掴めるレベルなのだ。

目で見て避けられるウチは、当てられる気がしない。

俺はさらに強く踏み込み、スケルトンナイトに飛びかかる。

すると、スケルトンナイトは転がるようにその場から逃げると、鉄球を大きく振り回した。

「ハアッ！」

着地すると同時に、俺は再度、スケルトンナイトに殴り掛かる。

「――――」

それに対し、スケルトンナイトは、頭上で鉄球を振り回してどんどん加速させていくと、俺を迎え撃つかのように、最高速の一撃を放ってきた。

だが……。

「これで……終わりだアアアアアアアっ！」

「!?」

俺は迫りくる鉄球に【神滅拳】を放ち――――鉄球もろとも、スケルトンナイトを消し飛ばす。

「嘘……」

呆然と呟く千夏の声を聴きながら、俺は構えを解いた。

そして――――。

「皆、大丈夫か!?」

――――駆けつけて来た救助隊が、到着したのだった。

エピローグ

――あれから、攻略者協会の対応は迅速だった。

まず保護された俺たちだったが、壁にめり込んでいた二人は、なんとか一命をとりとめたようだ。

今回は協会側の問題として、最高のヒーラー系覚醒者の支援も受けられるという話で、体に関しては後遺症は残らないだろう。

だが、心になると、話は変わって来る。

怪我こそしなかったが、目の前で友人がぐちゃぐちゃにされる光景を見た二人や、その鉄球の餌食となった二人は、今回の件がトラウマとなったようだ。

そのため、恐らく攻略者の道は諦めることになるだろう。

幸い、千夏はトラウマがないままで終わった。

ちなみに、千夏は何やら俺に訊きたそうな様子だったが、竜太郎さんがすぐに俺から引き離したため、まともな会話ができなかった。

まあ今回の件も含め、俺の近くにいれば危険な目に遭う。
だからこそ、俺に近づかない方がいいのだ。
俺としても、千夏を危険な目に遭わせたくない。
そういう意味では、竜太郎さんの行動は俺的には助かった。
……千夏本人がどう思っているのかは分からないが。
こうして不測の事態が起きたわけだが、当然試験は中止に。
ただし、俺や千夏は、正式に結果を受けることになった。
そして――――。
「ようやく、攻略者になれたな……」
俺は手元の正式ライセンスを見つめ、そう呟いた。
そう、俺は無事、試験を突破することができたのだ。
これで堂々と、ダンジョンやショップを利用することができる。
「まあでも、上のランクに上がるには、昇級試験を受けなきゃいけないんだが……」
試験は一度では終わらない。
当然、更新する必要もあるし、昇級するためには、再び試験を受ける必要がある。
とはいえ、今日から俺も攻略者だ。

ただ……。

「まさか、千夏が辞退するとはな」

千夏も俺と同じで合格したのだが、その合格を辞退したのだ。

もちろん、竜太郎さんは烈火のごとく怒っていた。

しかし、千夏は淡々としていた。

「今回の試験で、自分が未熟だって思い知らされた。だから、もう一度……鍛え直して、改めてライセンスを取得するよ」

どうやら今回の一件で、千夏は自分なりに思うところがあったようだ。

そんなわけで、今回の試験で唯一の合格者は俺となり、試験は終了した。

こうして試験が終わったわけだが、俺が試験を受けにきた時と、少し向けられる視線が変化したのだ。

「おい、アレ……」

「アイツが唯一の合格者だと？」

「出来損ないだったんじゃねぇのかよ！」

「どうせまた、ヤバイ薬でも使ったんじゃね？」

大多数はまだ、俺に対する不信感や嫌悪感の籠った視線。

中でも張本たちからの視線は凄まじく、今にも飛びかかってきそうだ。

それに対して、ごく少数ではあるが、好奇心や興味関心といった視線が向けられるようになった。

何より、合格が出てから、いくつかギルドからのお誘いもあったのだ。

ギルドとは、攻略者で構成された、一つのチームである。

ほとんどの攻略者はこのギルドに所属しており、有名なギルドであれば、一度に稼げる金額は凄まじかった。

もちろん、今回お話をいただいたギルドは、有名なギルドでもなく、小さなギルドに過ぎない。

何より、今は自分を鍛えることで精いっぱいなので、すべてのお誘いを断った。

ただ……。

「いつかはギルドに所属してみてもいいかもしれないな」

そんなことを思いつつ、俺は今日も修行に励むのだった。

＊＊＊

「クソがッ！」


試験が終わったあと、張本は試験会場の机を蹴とばした。

そんな張本の様子を見て、他の生徒たちはそそくさと退散していく。

ここまで張本が荒れているのは、護の件だった。

「俺たちは落ちたってのに、どうしてアイツは合格なんだよ！」

今回の試験では、結果的に護だけの合格となり、当然張本たちは落ちた。

元々、この試験は育成学園を卒業した者が受けるものであり、在学中に合格する者は非常に少ない。

だが、張本たちは自分たちが合格すると信じて疑っていなかったのだ。

「あの無能だぞ!?　何をどうすりゃあアイツが合格なんてことになるんだよ！」

「確かに……」

「試験官を買収でもしてんじゃね？」

張本の取り巻きたちも、護が試験に合格したことが信じられず、不愉快そうに顔を歪めていた。

「試験官の買収ができれば、俺だってやってる！　何よりアイツは無能で、そんな金を持ってるはずがねぇ。絶対何かあるに決まってやがる！」

「もしかして、本当にやべぇ薬でもやってんじゃねぇの？」

「それだ！」

取り巻きの言葉に、張本が反応した。

「あの野郎、違法薬物に手を出したに違いねぇ……！」

「そもそも、そんな薬、存在すんのか？　あったとして、どこで手に入れるんだよ」

「お前ら、忘れたのか？　アイツは腐っても英雄の兄だぜ？　どうせ弟の伝手を使ったに決まってる。それに、薬物なんざ今でもどんどん新しい物が作られてんだ。急激に強くなる薬だってあるだろうよ」

張本は無茶苦茶なことを口にしているが、今は護に対する怒りが止まらず、そのことに気付いていない。

「それじゃあどうすんだ？」

「決まってんだろ？　悪いことをしたんなら、その代償はきっちりと払わねぇとなぁ」

張本は狂気的な笑みを浮かべる。

「それって……」

「あのブツを手に入れた時にちょっとした伝手ができてよぉ……そいつに依頼すれば、あの目障りな野郎は消えるってわけだ」

「ほ、本気か？」

危険な雰囲気を漂わせる張本に対し、取り巻きは少したじろいだ。

だが、そんな取り巻きたちに張本は鋭い視線を向ける。

「何ビビってんだ？　俺たちは依頼するだけで、手を下すわけじゃねぇ。それに、相手は裏社会で何年も生きてる猛者だ。あんな無能なヤツ、すぐに消してくれるさ」

「だ、だよな！」

「張本の伝手なら信頼できるぜ」

最初はビクビクしていた取り巻きたちだが、張本の言葉で勢いを取り戻す。

そんな取り巻きたちを前に、張本は笑みを深めた。

「待ってろよ？　宇内。テメェをとことん地獄に叩き落としてやるからよぉ……」

――張本の悪意が、動き始めたのだった。

＊＊＊

「さて……今回はこのダンジョンだ」

【英霊たちの宴】のクールタイムが明けると、俺は早速ダンジョンにやって来ていた。

しかも、今回は正式にライセンスを獲得しての挑戦なので、周囲の視線を気にする必要もない。

そんな俺が今回挑戦するのは、Ｆ級ダンジョンの【スライムの洞窟】だった。

ライセンスの試験でＣ級のスケルトンナイトを倒したわけだが、ライセンスの関係上、Ｆ級のダンジョンしか受けることはできない。

とはいえ、オウシンさんたちの話を聞く限り、俺は【アウター】とやらに狙われているため、たとえＦ級でも気は抜けなかった。

それこそ前回の【ゴブリンの洞窟】はそれが原因で痛い目を見たわけだからな。

そんな俺がここを選んだのは、Ｆ級の中でもゴブリンに比べ、スライムの素材は稼げるからだ。

しかし、その割には周囲に人の気配はない。

それは、あくまでゴブリンより稼げるだけで、他のＦ級の魔物である【ホーンラビット】などに比べると、微々たるものだからだ。

その上、スライムを倒すのには、魔法や魔力を操作するスキルが必要なのである。

というのも、スライムの肉体には打撃や斬撃といった物理攻撃はほとんど通用せず、倒すには魔力が籠った攻撃をする必要があった。

だが、そもそも魔法系のスキルに目覚めている人間は意外と少ない。

故に、魔法系スキルの保持者は色々なパーティーで重宝されるため、F級であってもどこかしらのパーティーに所属し、少しランクが上のダンジョンを攻略しに行くのがほとんどだった。

そのため、この【スライムの洞窟】は不人気のダンジョンになっている。

俺は修行のおかげで魔力を纏わせることができるため、このダンジョンを攻略するのに問題はなかった。

「それにしても、俺も強い人とパーティーを組めれば、上のダンジョンに挑めるんだけどな……」

強いパーティーに入れてもらうことが、唯一攻略者のランクを無視して、上のダンジョンに挑戦する方法なのだが……俺は【英霊たちの宴】という特殊なスキルがある以上、中々パーティーが組みにくい。

何より、多少ギルドから声がかかったとはいえ、犯罪者扱いされている現状で、俺とパーティーを組んでくれる人間は少ないだろう。

「何にせよ、今はコツコツと強くなっていくしかないな」

俺は気合を入れなおすと、ダンジョンに足を踏み入れる。

するとそこは、【ゴブリンの洞窟】とさして変わらない、何の変哲もない洞窟が広がっていた。

「確か、ここも罠がないはずだが……」

【アウター】による干渉を考えると、罠も意識しておくべきだな。

警戒しながら洞窟内を進んでいくと、目の前に魔物が現れる。

その魔物は、バスケットボール程のサイズで、半透明なゲルの塊だった。

そんなゲル状の体内には、何やら拳サイズの球体が浮かんでいる。

「あれがスライムか」

見たまんまと言うか、なんと言うか……。

ともかく、このゲル状の肉体には、物理攻撃は通じないのだ。

そして、スライムの体内にあるあの球体こそが、スライムの核であり、魔石である。アレを壊すか、肉体から取り出せば、スライムを倒すことができるのだ。

早速、素手に魔力を集めると、そのままスライムを殴りつけた。

すると、その一撃でスライムの肉体は爆散し、核が砕ける。

「……しまった、強すぎた……」

力加減をミスったことで、スライムの肉体は跡形もなくなってしまった。

「勿体ない……」

スライムの素材は、まさに核である魔石と、その肉体だ。

故に、完全な状態で素材を手に入れるには、その肉体を貫き、体内から核を抜き取る必要がある。

「とはいえ、この感じなら、殴ったりせず、直接抜き取るだけで行けそうだな」

最初を失敗したとはいえ、要領を掴んだ俺は、先に進むと、再び現れたスライムに対し、その体内に腕を突っ込んだ。

そして核を握ると、スライムから引き抜く。

すると、スライムの肉体が一瞬震え、その場に崩れ落ちた。

「よし、成功した！」

完全な状態の核と、スライムゼリーだ。

このスライムゼリーの用途は詳しくは知らないが、まあ売れるからには使い道があるんだろう。

俺は指輪から大きめの瓶を取り出すと、その中にスライムゼリーを詰めていく。

こうしてスライムの素材を回収した俺は、どんどん先に進んでいった。

すると、出現するのは通常のスライムばかりで、あっさりとボスの間にたどり着く。

「俺の気にしすぎだったのか？」

ここに来るまで、結局一度も罠は見ていないし、スライムもおかしな様子はなかった。

「……いや、ゴブリンの時は、ボスの間がおかしかったじゃないか」

すぐに気を引き締め直すと、ボスの間に足を踏み入れる。

事前に調べておいた情報によると、このダンジョンのボスは、同じF級の【レッドスライム】のはずだ。

レッドスライムは、普通のスライムとは異なり、赤色の肉体をしているのだが、実はスペック自体はスライムと大差ない。事実、ランクも一緒だしな。

とはいえ、スライムに比べ、多少は魔法に対しても抵抗力が上がっていた。

そんな情報を思い返しながら、ボスの間を見渡すと、スライムの姿を発見する。

そのスライムは、赤透明であり、どうやらレッドスライムで間違いないらしい。

「あれがレッドスライムか……」

そう呟きながらも、目の前の光景に眉を顰めた。

というのも、本来一体だけ出現するはずが、どう見ても目の前には数十体以上のレッドスライムがいるのだ。

「ふぅ……やっぱりこれも、【アウター】の仕業なのかね……」

こういうことがある以上、やっぱり俺はパーティーを組むのは難しいだろうな。

そんなことを思いつつ、俺は気を引き締める。

一体一体はスライムと大差ないとはいえ、あの数で迫られると怖いからな。

俺は慎重にレッドスライムとの距離を詰め、様子を窺う。

すると、目の前のレッドスライムに違和感を覚えた。

「ん？」

何故ならただの赤透明であるはずのスライムの体に、薄っすらと黒い斑《まだら》模様が浮かんでいるように見えたからだ。

あれは……何だ？　汚れか？

接近したことで初めて確認できた違和感。

その違和感に意識を取られていると、一番手前にいたレッドスライムが襲い掛かって来る。

「ッ！　まずは戦いに集中しないと！」

俺は右手に魔力を集め、レッドスライムの体を貫こうとした。

だが――――。

「なっ!?」

――――なんと、俺の右手は、レッドスライムの体を貫くことができなかった。

確かに俺の手は、魔力を纏っている。

だからこそ、本当ならこのままレッドスライムの体を貫通できるはずだ。

しかし、俺の手はその柔らかい肉体に弾かれ、貫くことができなかったのだ。

そんな驚く俺をよそに、レッドスライムはそのまま形を変え、俺の腕に絡みつく。

「このっ!」

俺はすぐさま【身体強化】だけでなく、【神滅拳】を放ち、その肉体を腕から弾き飛ばそうとした。

「えっ!?」

だが、俺の一撃を受けてもなお、レッドスライムは形を変えるだけで、吹き飛ばなかったのだ!

やはりコイツは……レッドスライムなんかじゃない!

「ぐあああっ！」

あり得ない状況に驚く中、突然俺の右手に、凄まじい熱を感じた。

なんと俺の右手に絡みついた謎のスライムの体が、燃え出したのだ！

すると、他のスライムたちも俺に殺到し、体に絡みつく。

俺はなんとかその拘束から逃れようと、全身に魔力を行き渡らせ、動こうとするが、びくともしなかった。

そして――――。

「ぎゃあああああああああああああ！」

凄まじい炎が、俺の全身を包み込む。

この炎から逃れようと藻掻くが、スライムたちによって、逃げることすらできない。

ただ、体が焼かれていくのを感じていた。

「いぎい……ぐあ……ぐふ!?」

苦悶が漏れる俺の口に、とうとうスライムがたどり着くと、そのまま口、鼻と、すべてを覆っていった。

――こうして俺は、蠢くスライムに飲み込まれ、窒息と熱さの間で死ぬのだった。

＊＊＊

「――以上でございます」

「……」

攻略者協会本部。

そこの会長室で、一人の壮年男性が部下からの報告を静かに聞いていた。

白髪交じりの黒髪を後ろになでつけ、鋭い視線はメガネに収まっている。

この壮年男性こそが、攻略者協会の頂点である、御蔵宝栄《みくらほうえい》だった。

御蔵は手元の資料を眺め、口を開く。

「それで？　本当に彼が、スケルトンナイトを倒したのか？」

「……はい。信じられないかもしれませんが、映像も残っております」

「ふむ……彼にはそんな力はなかったはずだが……もしや、長年効果不明だったスキルが、使えるようにでもなったのかね？」

「申し訳ございません。そこまではまだ……ただ、専門家の話ですと、スキルを使っている様子はなかったそうです」

「ほう？」

部下の言葉に、御蔵は楽し気に笑った。

「まさか、スキルを使っていないなんてことは、ないだろう。いや、ないはずだ。しかし、確実にないとも言い切れない……なんせ、彼はあの子の兄だからね」

「……」

――宇内佑。

世界初のS級覚醒者であり、この日本を救ってきた、英雄だった。

「そんな彼の兄なんだ。何かしら特別な力の一つや二つ、あってもおかしくはないだろう？」

「……ですが、中には薬による効果の結果だという声も……」

そんな部下の言葉に対し、御蔵はくだらなさそうに鼻で笑った。

「馬鹿らしい。薬を飲むだけで、スケルトンナイトを倒せるだと？　そんな薬があるなら、ぜひ教えてくれ」

「……」

「まあいい。彼の力が本物であれば……今度こそ、国に奪われるつもりはない。ヤツらのことだ、どうせ彼も引き入れようと動き出すだろう」

そう口にすると、御蔵は獰猛な笑みを浮かべる。

「――だが、そんなことはこの私が許さない。勝手に使えぬと判断し、捨てたのは国だ。ならば、私が拾っても問題なかろう？」

「そうですね」

部下の言葉に満足げに頷くと、御蔵は指示をだす。

「君は、彼と接触を図ってくれ。そして可能であれば、ぜひここに連れて来るように」

「承知いたしました」

御蔵の言葉に部下は頭を下げ、部屋を退出する。

その姿を見送り、御蔵は小さく呟いた。

「さて、これからどうなるのか……実に楽しみだ」

……護の知らないところで、一つの思惑が動き始めるのだった。

＊＊＊

――上下左右、何もかもが曖昧な空間。

そこに、いくつかの人の影が浮かんでいた。

「――――失敗したか」

その影の内の一つが、淡々とそう口にする。

それに続く形で、残りの影たちも会話に参加し始めた。

「まったく……下らん悪あがきを……」

「そもそも、ヤツらは、あの有象無象に何を残した？」

「知らん。だが、我らの計画のためにも、放っておくのは危険だろう」

「だからこそ、早めに処理したかったが……ダンジョンの魔物程度では、無理だったな」

「ああ。我らが動くしかない」

「しかし、我らが降臨するには、地球の抵抗が強すぎる」

「ふむ……無理やり降りることもできるが、そうなると我らもリスクは覚悟せねばならん」

「ならば、どうする？　このまま放置するのか？」

「それはあり得ん。ヤツらがあの人間に何を残したのかは分からんが、時が経てば我らの脅威となるだろう」

「では一度、直接接触してみるしかないか」

「そしてヤツらの希望を――――消す」

――そしてまた、どこか遠い場所で、別の勢力も動き始めるのだった。

＊＊＊

「はっ!?」

『はぁい、いらっしゃ～い』

目を覚ますと、【英霊たちの宴】による空間に来ていた。

すぐさま辺りを見渡すと、今回は魔女以外に、英霊たちの姿が見当たらない。

「あの、他の皆さんは……？」

『今回は私が担当って決まってたから、休んでもらってるわ』

「な、なるほど」

『それにしても……クールタイムが明けてすぐに来るなんて、今度はどんな無茶したのよ？』

あまりにも呆気なくこの空間に来る俺に対し、魔女は呆れた様子でそう訊いてくる。

「実は、今回はスライムが出現するダンジョンに挑んだんですけど、そこのボスにやられたんです」

『ええ？　貴方、この間の修行で魔力を使えるようになったはずでしょ？　それなのに負けたの？』

「はい……というより、魔力を纏わせた攻撃が効きませんでした」

俺がそう言うと、魔女は眉を顰める。

『……なるほど、そういうことね。運がいいと言うか、間が悪いと言うか……』

「え？」

『ちなみに、どんな見た目だった？』

「えっと……レッドスライムという魔物に似ていたんですが、よくよく近くで確認すると、体に黒い斑模様がありました」

俺がそう伝えると、魔女は頷く。

『やっぱりね。貴方が戦ったのは、レッドスライムなんかじゃない。【フレイムスライム】よ』

「フレイムスライム？」

聞いたことのない名前に驚く俺。

というのも、俺が勉強してきたスライムの上位種には、そんな存在はいなかったからだ。

『その様子を見る限り、貴方の世界ではまだ出現したことがなかったみたいね』

「は、はい。俺の知ってるスライムの種類ですと、通常種とレッドスライムを除けば、【ポイズンスライム】と【オーアスライム】くらいです」

片方は全身が毒のスライムで、もう片方は全身が鉱物という少し変わったスライムだ。

ただ、どちらも強いというより厄介なのだが、どちらも魔力で倒すことができる。

すると、魔女はため息を吐いた。

『なるほどね……もう分かってると思うけど、スライムの種類はそんなものじゃないわ。そして貴方が戦ったフレイムスライムは、その名の通り炎の魔法を扱うの』

「魔法……！」

まさか、スライムが魔法を使うとは思ってもおらず、驚く中、魔女は続ける。

『そして、フレイムスライムを倒すには、水系統の魔法を使わないといけないの』

「え……そ、それじゃあ……」

『お察しの通り、魔法が使えない貴方じゃ、絶対に倒せない存在ってわけ』

なんと、あのスライムと遭遇してしまった時点で、俺の負けは確定していたというわけだ。

愕然とする俺に対し、魔女はため息を吐く。

『だからこそ、間が悪いと思ったのよ。というのも、次に貴方がここにきた時、魔法を教えようと思ってたからね。まさか、魔法を教える前に魔法が必要になる敵と遭遇するなんて思いもしなかったわ』

「俺も迂闊でした……」

反省する俺に対し、魔女は苦笑いを浮かべる。

『気にすることないわ。聞いていた感じ、そんな危険なダンジョンじゃなかったんでしょ？』

「はい、最低ランクですね……」

『フレイムスライムは、貴方たちの世界で言うと、Ｂ級のダンジョンに登場する魔物よ。まあフレイムスライム自体はＤ級だけど、特定の方法でしか倒せないってのは厄介だからね』

「な、なるほど」

俺が納得していると、魔女は難しい表情を浮かべる。

『それにしても……やっぱり貴方の存在は【アウター】にバレてるようね。まあ今のところ、地球が頑張ってるおかげで、この程度の被害で済んでるわけだけど……それにも限界はある。だから、貴方は少しでも早く強くならなきゃいけないの。そのための修行として、今回は私がいるってわけ』

「……はい！」

俺は魔女の言葉に、頷いた。

そこでふと、俺はあることを思い出し、魔女に訊く。

「そう言えば……英霊の中には、回復術に長けている人もいるんですか？」

というのも、俺をここまで強くしてくれた英霊たちの知識があれば、弟を……佑を救う方法もあるかもしれないと思ったからだ。

すると、魔女は頷く。

『もちろん、いるわよ』

「そ、それじゃあ、毒や呪いから回復させる方法も!?」

『ええ、あるわ』

「教えてください！」

俺は縋る思いで魔女にそう頼み込む。

しかし、魔女は首を振った。

『今の貴方じゃ、どうしようもないわ』

「ど、どうして!?」

『まだ、魔法が使えないからよ』

「あ……」

『いい？　回復魔法も魔法の一種である以上、何の勉強もしていない貴方が、今すぐ使えるようにはならないわ』

「そ、それじゃあ、今回の修行で……」

『貴方がどこまで行けるかは分からないけど、回復魔法に関してはちょっと特殊でね。普通の魔法より難易度が高いから、まずは一般的な魔法から覚える必要があるのよ。だからこそ、回復魔法はそう簡単には習得することはできないし、貴重な技術ってわけ』

「そんな……」

『仮に、傷を癒すだけの回復魔法は覚えられても、毒や呪いを解く回復魔法は、より複雑かつ知識が必要なの。それは薬に関しても一緒。専門の知識が必要だし、何よりその毒や呪いに対応する素材がないと、何もできないわ』

「そう、ですか……」

わずかな希望が見えたものの、その希望は一瞬で砕け散った。

すると、魔女は真剣な表情を浮かべる。

『貴方がどんな理由で回復魔法や薬が欲しいのかは知らないけど、どのみちいつかは貴方が覚えることに変わりはないわ。ここで修行して、強くなりなさい。それこそが、貴方の望みを叶える唯一の方法よ』

「……はい」

そうだ……こんなところで落ち込んでいる暇はない。

魔女はできないとは言わなかった。

つまり、俺が努力をすれば、必ず佑を救うことができる……！

俺は改めて魔女に向き直ると、頭を下げる。

「どうか、よろしくお願いします！」

『フフ……そう言えば、まだ名乗ってなかったわね――私はルメラ。これからよろしくね、最後の英雄さん♪』

――こうして、魔女……ルメラさんによる修行が始まるのだった。

断章

「はああああッ！」

轟音と共に、雷が降り注ぐ。

その雷は、周囲に集結していた魔物どもを、軽く一掃した。

雷を操り、凄まじい勢いで魔物を殲滅していくその存在は、まだ幼い少年だった。

この少年こそが、世界初のSランクスキル【雷霆】を覚醒した、宇内佑である。

佑は誰の助けも借りず、たった一人でダンジョンを制圧すると、そのまま脱出した。

すると、ダンジョンの外には政府の人間が待ち構えている。

「お疲れ様」

「……」

政府から派遣された役人は、佑に対して貼り付けたような笑みを浮かべる。

だが佑には、その笑みの裏側にある思惑が透けて見えていた。

「何ですか？　また別のダンジョンでも発生しましたか？」

「そうなんだ！　実は都心の方でダンジョンがね……」

「他の攻略者は？」

「いやいや、ぜひとも君に攻略してもらいたいと、多くの人が望んでいるんだよ」

役人はそう語るが、実際は民間人が望んでいるのではなく、政府の上層部がそう考えているだけだった。

というのも、今回ダンジョンが発生した場所は、政府の高官が暮らす地域に非常に近かったからだ。

「それで申し訳ないが、今すぐにでもそのダンジョンを攻略してきてくれないかな？」

「……」

そのまま受けとると依頼のように思えるが、実際は命令に等しかった。

というのも、佑が国のために働くうえで、国から一つの契約を持ち掛けられていたのだ。

それは、佑が攻略している間、他の攻略者が護を護衛するというもの。

ダンジョンはいつどこに現れるのか予測できない。

そのため、佑がいくらダンジョンを攻略しようと、護の近くに出現する可能性だってあった。

本当なら佑自身が護の護衛をしたかったが、そうなるとダンジョンを攻略できなくなる。

そんな佑の心の隙を突いた提案だった。

そこで、佑と国はそのような契約をしたのだ。

……しかしその実態は、国が佑に付けた首輪のようなものだった。

もし佑が国の命令を無視すれば、護の命の保証はない。

故に、佑には拒否権がなかった。

佑は無感情に役人を見つめると、頷く。

「……分かりました。すぐに行きましょう」

「君ならそう言ってくれると思っていたよ！」

役人に促されるまま、移動用の車に乗り込む佑。

……本来佑は、まだ中学校に通いだすくらいの年齢でしかない。

故に、そんな幼い子供が、仕事を……それも、命の危険があるダンジョン攻略をするなんて、あり得なかった。

しかし、Sランクのスキルに覚醒した佑は、東京変異によって、すぐさま国に保護され、そのまま国の指示に従い、働き続けることになったのだ。

もちろん、兄である護は反対した。

幼い佑を、そんな危険な目に遭わせるわけにはいかないからだ。

だが佑の中での決意は固く、佑は護の制止を振り切って、働き出した。

こうして本格的に働き始めた佑だったが、最初はよかった。

国の命令とはいえ、家族を奪った魔物を殺し、護の安全を確保できるのであれば、佑はいくらでも戦い続ける覚悟を持っていた。

何より、ダンジョンを攻略することは、国益だけでなく、国民にとっても有難いことだからだ。

佑のように、家族を失って悲しむ人が一人でも減るように、ただがむしゃらに攻略し続けた。

しかし、徐々に様々な攻略者が台頭し、国が安定し始めると、国は攻略するダンジョンを選別し始めた。

国民の安全を守るための攻略から、いわゆる上流階級の人間の安全を守るための攻略に変わったのだ。

その上、Sランクの特権などと謳ってはは本来権利であるはずの教育を取り上げ、学校に通うことなく、佑は国のために働かされることになった。

もしここでまともな大人が近くにいれば、また話は変わったのかもしれない。

だが、両親を亡くした佑と護には、家族が一人もいなかった。

結局佑は、国にとって都合のいいコマになったのだ。

「着いたよ」

「……」

連れて来られたのは、富裕層が暮らす地域。

するとそこには、大きい渦が存在していた。

「観測したところA級ダンジョンらしいが……君なら問題ないだろう？」

「……」

強力なスキルを持つ佑は、今となっては日本を代表する最強の攻略者だ。

しかし、A級ダンジョンとは、A級攻略者がパーティーを組んだうえでようやく安全に攻略できるという非常に危険な場所。

そんな場所を一人で攻略するなど、正気ではない。

だが……。

「行ってきます」

佑は躊躇なくダンジョンに飛び込んだ。

ここで押し問答する時間すら、佑にはもったいない。

ダンジョンが選別されていると言うのなら、そのダンジョンを攻略したうえで国民の安全を守ればいいと考えたからだ。

佑がダンジョン内に入ると、そこは密林だった。

「面倒だな……」

ダンジョンには様々な形があるものの、ダンジョンのランクが上がれば上がるほど、ダンジョン内は広大になっていく傾向があった。

もしこれが迷宮型や洞窟型であれば、終着点である最奥に到達さえすれば、脱出するためのボスが待ち構えている。

しかし、広大な環境型のダンジョンだと、ボスはダンジョン内を徘徊するため、見つけるのが非常に難しくなった。

ただ、佑は普通の攻略者ではない。

佑はそっと地面に手を触れると、地面に雷を流し込む。

本来、大地に雷が伝導することはないが、佑の放つ雷は違った。

佑から放たれた白雷は、凄まじい勢いで大地を駆け巡り、その地形や生息する生物の場所を佑に伝えていく。

「見つけた」

佑はそう呟くと、自身を雷に変え、その場から掻き消えた。

そして密集する樹々の隙間を瞬時に移動していくと、ついに目的の存在を発見した。

「グルル……」

現在食事中のその魔物は、漆黒の毛皮に白い縞模様が特徴的な、巨大な虎――【ダーク・タイガー】だった。

ダーク・タイガーは佑の存在に気付かず、食事に夢中になっている。

すると、そのまま佑は一瞬でダーク・タイガーの下に移動した。

「ガア!?」

そこでようやくダーク・タイガーが佑に気付くも、時すでに遅く、雷を纏った手刀が、ダーク・タイガーの首に放たれた。

その一撃は容易くダーク・タイガーの首を刈り取り、ダーク・タイガーは絶命した。

こうして一瞬にしてダンジョンを攻略した佑は、戦利品であるダーク・タイガーの死体と、攻略報酬を受け取り、脱出する。

すると、そんな佑を役人が待ち構えていた。

「いやぁ、流石佑君だ！　ずいぶん早かったじゃないか。それで、戦利品は？」

「これです」

そう言いながら佑が無造作にダーク・タイガーの死体を放り投げると、役人は眉を顰める。

「……他の魔物は？」

「いません」

そう告げた佑に対し、役人はため息を吐いた。

「はぁ……佑君。何度も言ってるだろう？　ダンジョンは資源の宝庫なんだ。ボスだけじゃなく、他の魔物の素材も持ち帰ってもらわないと困るんだが？　特に今回はA級ダンジョンだったんだ」

「……素材を手に入れることより、ダンジョンを早く消滅させることの方が重要だと思います」

「まったく、君はまだまだ子供だね。ダンジョンはただ消滅させるだけではいけない。しっかりと、最大の利益を上げ、上手く付き合っていく必要があるんだよ。覚えておきなさい」

「……」

佑はただ、役人の言葉を黙って聞いていた。

そんな佑の態度に役人が再びため息を吐くと、不意に役人の携帯が鳴る。

「どうした？」

『た、大変です！　だ、ダンジョンが……ダンジョンが決壊しました！』

「なっ⁉」

電話の内容に、役人は目を見開いた。

ダンジョンの決壊。

それは、本来ダンジョン内でのみ生息している魔物が、ダンジョンから溢れ出し、地球に侵略してくることを指していた。

そしてダンジョンが決壊したのは、東京変異以降、一度もなかったのだ。

役人の表情が変わるのを見て、佑は聞き耳を立てる。

「馬鹿な！　一体どこで⁉」

『――――平中《ひらなか》中学校です！』

「⁉」

電話から聞こえた声に、佑は目を見開いた。

何故ならそこは――――護が通っている中学校だったからだ。

佑は電話の声を聞くや否や、瞬時に雷を体に纏わせ、駆け出す。

「あ、佑君！」

すぐさま役人が佑を引き留めようとするが、雷となった佑を止めることはできない。

佑は、飛ぶように空間を移動し、護のいる場所まで向かった。

そして目的地にたどり着いた時……そこは阿鼻叫喚の地獄絵図となっていたのだ。

「た、助けてぇえ！」

「攻略者はまだなのか!?」

「う、腕が……腕がああああ！」

逃げ惑う生徒たちを襲うのは、赤い鱗の皮膚と、蜥蜴《とかげ》の顔を持つ人型の魔物――

【リザードマン】だった。

B級に分類されるリザードマンは非常に凶悪で、知能も高く、リザードマンの出現するダンジョンを攻略する際は、綿密な計画が立てられる。

そんなリザードマンたちが集団となり、生徒たちに襲い掛かっていた。

先生を含め、皆我先にと逃げ惑う中、佑は必死に護を探す。

「兄さん……！」

佑と政府の取引により、護には護衛がついている。

そのことを護は知らなかったが、それは佑の、護には普通に生きて欲しいという願いからだった。

ずだ。

とはいえ、このような状況下であれば、その護衛はすぐさま護を保護するため、動くはずだ。

しかし、佑が到着した時には、周囲には護衛らしき攻略者の姿が見えなかった。

「どうして……護衛は!?」

もし護衛がいたのであれば、こんな危険な状態にはなっていないはずだ。

だが、佑は知らなかった。

確かに政府は護に護衛を付けていた。

ただし、佑が想像するような腕の立つ護衛ではなく、せいぜいD級の戦闘力しかない攻略者を護衛に付けていたのだ。

政府からすれば、佑は常にダンジョン攻略をしているため、その事実を確認しようがない。

故に、少しでも経費削減という意味で、適当な人間を護衛に付けていたのだ。

もちろん、人選こそ適当だったが、護の護衛は一応、周囲に隠れていた。

ただ、護を見張るだけで金が貰える楽な仕事として、護衛の人間にやる気は一切ない。

そんな中、今回の事件が起きた。

しかも、ダンジョンから出現したのは、B級のリザードマン。

護衛に付いていた男たちは、それを確認するや否や、あっさりと護を見捨て、逃げ出したのだ。

護の護衛が見当たらないことで焦る佑は、すぐさま中学校に飛び込む。

「フシャー?」

「シャアアアアア!」

佑の存在に気付いたリザードマンたちが威嚇の声を上げるが、次の瞬間にはリザードマンたちの首は落ちていた。

「俺の……邪魔をするなッ!」

「シュ、シュゥ……」

「フシャアアアアアア!」

佑の気迫に気圧されるリザードマンたちだったが、すぐに仲間を呼び、一斉に襲い掛かる。

しかし、S級である佑には、通用しなかった。

佑は全身から白雷を放出すると、それらを一気にリザードマンたちに向け、解き放つ。

轟音が鳴り響くとともに、目の前にいたリザードマンたちは、一掃された。

とはいえ、ダンジョンから出現したリザードマンの数は多く、未だに生徒たちを襲い続けている。

その上、未だに護の姿が見えないことが、佑の焦りを加速させていた。

「兄さん……兄さん……！」

佑が校舎内を駆け抜けていると、ついに護の姿を見つける。

「こっちだ！　こっから出られるぞ！」

なんと護は、この非常事態の中、パニックになる生徒たちを見捨てることなく動いていたのだ。

「早く！」

「う、うん！」

護が一人の女子生徒の手を掴み、走っていると、その女子生徒の背後からリザードマンが迫る。

それを察知した護は、女子生徒を一気に引っ張り、背後に回すと、そのままリザードマンと女子生徒の間に割って入った。

「逃げろ！」

そして、女子生徒を逃がすと、そのまま護は襲い来るリザードマンに向き合う。

スキルが覚醒したとはいえ、レベルも上がっていない護では、B級のリザードマンを相手にできるわけがなかった。

そんな護に対し、リザードマンが勢いよく飛びかかる。

「ッ！　兄さんに……触るなあああああああああ！」

佑は全身の雷を爆発させると、閃光のように一瞬でその場から掻き消え、護に襲い掛かるリザードマンの前に移動する。

「ハアッ！」

そのまま佑はリザードマンの顔を掴むと、胴体から頭を引き抜いた。

いきなり目の前で頭を失い、血を噴出させながら倒れていくリザードマンを、護は驚いた様子で見つめる。

「なっ……佑!?」

「兄さん、大丈夫!?」

すぐさま佑は護の下に駆け寄ると、体の状態を確認した。

「あ、ああ。俺は大丈夫だ」

「よかった……早く、ここから――――」

「――――フシャアアアアアアアアアアッ！」

「！」

その次の瞬間、護と佑に凄まじい圧力が襲い掛かった。

すぐさま圧力の元に視線を向けると、他のリザードマンに比べて二回りも大きく、全身が黒い鱗で覆われている、特殊なリザードマンが立っていたのだ。

その上、手には黒色の槍が握られており、他のリザードマンたちよりも知性が感じられた。

「何だ、アイツは……」

そんな黒いリザードマンを見て、佑は顔を顰める。

今までリザードマンが登場したダンジョンのボスは、A級に分類される【ハイ・リザードマン】だった。

しかし、今佑たちの目の前にいるのは、そのハイ・リザードマンではなく、未知の魔物。

何はともあれ、護を助けにきた状況で、未知の魔物と戦うのは非常に危険である。

そのため、なんとか佑はこの場から護を逃がそうとするが……。

「シャアアア……」

「フシュー……」

すでに周囲をリザードマンに囲まれてしまっていた。

すると、黒いリザードマンは、まるで命令を下すように一つ鳴く。

「フシャアアッ！」

「シャアアアアアアアア！」

「フシュゥゥゥウウウ！」

そして黒いリザードマンの合図とともに、周囲のリザードマンたちが一斉に襲い掛かってきた。

「兄さん、こっちに！」

「あ、ああ！」

この状況下では何もできないと知っていた護は、大人しく命令に従い、佑に近づく。

佑は護が近くにきたことを確認すると、全身から雷を迸《ほとばし》らせ、そのまま両手を地面に突きつけた。

「ハアアアアアアッ！」

「フシャッ!?」

全身の雷が両手に一気に集まると、そのまま地面を伝い、襲い来るリザードマンたちの足元から一気に雷が立ち上る。

その威力は凄まじく、たった一撃でほぼすべてのリザードマンたちを黒焦げにしてしまった。

しかし、一番の問題である黒いリザードマンは、その攻撃を事前に察知すると、その場から飛び退き、佑の攻撃を回避したのだ。

「フシャアアアッ！」

「チッ！」

佑の攻撃が止むと同時に、黒いリザードマンは一気に距離を詰めて来る。

いつもの佑なら問題なく避けることができるが、今は護がいるため、避けるわけにはいかない。

佑は右手に雷を纏わせると、そのまま雷で刃を形成し、黒いリザードマンの攻撃を受け止めて見せた。

そして、もう片方の手にも雷を纏わせると、黒いリザードマンの胸目掛けて手を突き出す。

しかし、その攻撃を読んでいた黒いリザードマンは、巧みに槍を操り、佑の攻撃を防いだ。

この短いやり取りの中で、佑は確信する。

……コイツ、S級の魔物だ……！

今まで攻略してきたダンジョンで、S級の魔物が出現したことはほとんどない。

初めてＳ級の魔物と戦うことになった際は、万全の態勢を整え、さらに攻撃隊を編成して挑んだのだ。

だが、その攻撃隊は壊滅しかけ、ボロボロになりながらもなんとか倒すことができたのである。

ただ……。

「あの頃の俺とは違う……！」

そんな経験をしたからこそ、佑はより強くなるため、今まで魔物を狩り続けてきた。

地球を魔物の脅威から解放するため、ひたすら強さを追い求めてきたのだ。

故に、昔は一方的に攻められていたＳ級の魔物を相手に、佑は渡り合うことができていた。

とはいえ、現状でも佑はギリギリだった。

佑は覚醒し、攻略者として活動していく中で、様々なスキルを獲得している。

しかし、やはり佑を支えているのは、Ｓランクスキルである【雷霆】だった。

【雷霆】のスキルの効果は、雷属性魔法の魔力消費率を大幅に軽減し、さらに威力を爆増させるという、シンプルながらも非常に強力なスキルである。

ただ、二つのダンジョンを攻略した直後だということと、この場所に来るまでの移動、そして、押し寄せるリザードマンの群れを殲滅したことで、魔力がかなり減っていたのだ。

幸い、黒いリザードマンにこれ以上、援軍を呼ぶ力はないため、大きく魔力を消費することはない。

とはいえ、このままではじり貧なのも事実だった。

「フシャアアアッ！」

「……」

早く目の前の魔物を倒し、護を安全地帯に移動させたい佑。

だが、その逸る気持ちを抑え、黒いリザードマンの隙を窺い続けた。

互いに傷が増え、血飛沫《ちしぶき》が舞う壮絶な打ち合いが続く。

そして――――。

「フッ！」

「シャッ!?」

黒いリザードマンの攻撃を捌き続けた佑は、ついに隙を突くことに成功すると、黒いリザードマンの槍を跳ね上げた。

槍を跳ね上げられたことで胴体ががら空きとなった黒いリザードマンは、すぐに体勢を整えようとするも、佑が相手では間に合わない。

「終わりだあああああああっ！」

「フシャアアアアアアア！」

佑の右腕が、黒いリザードマンの心臓を貫く。

心臓を貫かれた黒いリザードマンは、目を見開くと、そのまま力を失い、地に倒れ伏した。

「はぁ、はぁ、はぁ」

「佑！　大丈夫か!?」

膝を突き、荒い息を整える佑に、すぐさま護が駆け寄り、肩で支える。

「兄さん、早くここから出よう」

「……ああ」

ボロボロになった佑を見て、護は複雑な表情を浮かべた。

護は佑が攻略者として活動することに、今でも納得していない。

しかし、佑自身の強い意志と、実際、こうして佑が活動することで救われる命があるのも事実だった。

何より佑がいたおかげで、護は今生きているのである。

だからこそ、何もできない自分を恨んでいた。

もっと俺に力があれば、佑を支えられるのに。

そんなことを考えていると、不意に佑が訊ねる。

「……そう言えば、兄さんはどうして逃げ遅れたの？」

「ヤツらが一階に出現した時、運悪く上の階にいたからな……アイツらに下の階を占領されて、動けなかったんだ。そのせいで出遅れたんだが、そこからなんとかヤツらの隙を突いて、皆で逃げてきたんだよ」

「……だとしても、他の人を庇うのは止めて。心臓に悪いから」

「あ……み、見てたのか……」

まさか、そこを見られているとは思ってもいなかった護は、バツの悪そうな表情を浮かべた。

「兄さんは弱いんだよ？　兄さんが庇ったところで、何もできずに死ぬだけだ。そうなったら俺は……一人になるんだよ？」

「……ごめん」

佑の言う通りであるため、護は何も言い返すことができず、素直に謝る。

すると、佑は優しく微笑んだ。

「フッ……まあでも、そういうところが兄さんらしいけどね」

「そう、か？　いや、でも、本当に気を付ける。ごめんな？」

「いいよ。兄さんがあそこで見捨てるようじゃ、それはそれでどうかと思うしね」

「それじゃあ俺にどうしろって言うんだよ……」

佑の言葉に苦笑いを浮かべる護。

そんな中、ついに二人は学校から脱出することができた。

すると、目の前にはすでに他の攻略者たちも到着しており、逃げてきた生徒たちが保護されている。

「ふぅ……なんとかなったね」

「ああ」

ようやく一息つけると、二人が安心した――その時。

「ッ!?　兄さん……！」

「え？」

突如、佑は何かに気付くと、勢いよく護を弾き飛ばした。

護は訳も分からず吹き飛ばされ、地面を転がる。

「いっ……何が……」

痛みを堪えながらも、護が視線を上げると――――。

「にい、さん……」


――佑の体を、巨大な針が貫いていた。

その巨大な針が佑の体から抜けると、佑はその場に倒れ伏す。

「た、佑……?」

護は目の前の光景が信じられず、ただ呆然と呟いた。

すると、そんな護の目の前に、渦が出現していたのだ。

その渦はまさに――――ダンジョン。

呆然とする護をよそに、目の前の渦はどんどん巨大化すると、やがて針の主が現れる。

それは、大型トラックほどの大きさを誇る、蠍《さそり》だった。

「お、おい、何だよアイツ!?」

「今、やられたのって……宇内佑か……?」

「S級がやられた!?」

「なんでまた新しいダンジョンが!?」

突如出現した魔物とダンジョンに、周囲の人間は再び恐慌状態へと陥った。

しかし、護はそんな状況を気にする余裕はない。

「た、佑？　嘘だよな、おい……」

フラフラと佑に近づき、体を揺するが、佑が動く気配はない。

「お、起きろよ……俺が死んだら、お前が一人になるんだろ……？　それじゃあお前が死んだらどうするんだよ……！」

S級の攻略者である佑の肉体は、護や他の人間に比べ、遥かに強靭《きょうじん》だった。

そのため、まだ佑は生きているものの、先ほどの一撃は致命傷であり、このままではすぐにでも死んでしまうだろう。

だが、そんなことは目の前の蠍の魔物には関係なかった。

蠍の魔物は悠然と近づくと、その鋭い針の狙いを護に定める。

そして――――。

「！」

蠍が護にも針を放とうとした瞬間、何故か蠍の動きが止まった。

なんとか必死に護に襲い掛かろうとするが、何故か足の一つも動かすことができない。

もしこの場に冷静な者が一人でも残っていれば、この異質な光景を見逃すはずがなかった。

だが、結局この異変に気付かれなかった蠍は、渋々引き下がる。

その際、護に襲い掛かる行動は止められていたものの、引き下がる動きは止められていなかった。

そして、蠍は自身が出現したダンジョンに引っ込むと、そのままダンジョンごと消滅する。

――――こうして、日本の英雄宇内佑の負傷と共に、二度目の大異変は幕を閉じるのだった。

あとがき

こちらの作品をお手に取っていただき、ありがとうございます。

初めまして、作者の美紅と申します。

大変ありがたいことに、縁あってこの度ＧＣＮ文庫様より、こうして新作を書かせていただくことができました。

本当にありがとうございます。

本作は、ダンジョンが出現した現代が舞台となっております。

私の作品は基本的に主人公が苦境に立たされた状態からスタートするのですが、今作も例に違わず主人公である護は大変な目に遭います。

そんな中、護だけが持つ特殊なスキルによって、徐々に運命が切り開かれていく……といった内容になっております。

今までの私の作品では、主人公がとにかく無双していく様子を描いていましたが、今作ではむしろ他の人間のように、簡単に強大な力を手にすることができず、地道に強くなっていく、まさに大器晩成の主人公になりました。

そして、今作はそんな主人公の護を支えるかつての英雄たちが、師匠として数多く登場します。

そんな師匠たちの修行を受け、護はどんどん強くなっていくことでしょう。

正直な話、この先の展開は私もよく分かっていないので、私と一緒に、どうなっていくのかを楽しんでいただけると幸いです。

担当編集者様。この度は大変お世話になりました。引き続き、よろしくお願いいたします。

増田幹生様。迫力のあるイラストでこの作品を彩っていただき、ありがとうございました。イラストと併せて、物語も楽しんでいただけるように頑張ります。

そして、この作品を読んでくださった読者の皆様。本当にありがとうございます。

これからも、この作品を楽しんでいただけると幸いです。

それでは、また。

ファンレター、作品のご感想をお待ちしています!

【宛先】
〒104-0041
東京都中央区新富1-3-7　ヨドコウビル
株式会社マイクロマガジン社
GCN文庫編集部

美紅先生 係
増田幹生先生 係

【アンケートのお願い】

右の二次元コードまたは
URL (https://micromagazine.co.jp/me/) を
ご利用の上、本書に関するアンケートにご協力ください。

■スマートフォンにも対応しています(一部対応していない機種もあります)。
■サイトへのアクセス、登録・メール送信の際の通信費はご負担ください。

GCN文庫

英霊《えいれい》たちから修行《しゅぎょう》を受《う》け続《つづ》けた最後《さいご》の英雄《えいゆう》は、やがて最強《さいきょう》へと成《な》り上《あ》がる

2024年12月28日　初版発行

著者　美紅《みく》

イラスト　増田幹生《ますだみきお》

発行人　子安喜美子

装丁　横尾清隆
DTP／校閲　株式会社鷗来堂

印刷所　株式会社エデュプレス

発行　株式会社マイクロマガジン社
〒104-0041　東京都中央区新富1-3-7　ヨドコウビル
［営業部］TEL 03-3206-1641／FAX 03-3551-1208
［編集部］TEL 03-3551-9563／FAX 03-3551-9565
https://micromagazine.co.jp/

ISBN978-4-86716-684-0 C0193

GCN文庫

フェアリー・バレット
ー機巧乙女と偽獣兵士ー

三嶋与夢が送るヒロイックSF
ファンタジーここに開幕!!

「偽獣」と呼ばれる異界の化け物と戦うため、パワードスーツ《ヴァルキリードレス》を装着し戦う彼女たちの前に一人の兵士が現れる——

三嶋与夢　イラスト：itaco

■文庫判／好評発売中

「美人でお金持ちの彼女が欲しい」と言ったら、ワケあり女子がやってきた件。
モンスターの肉を食っていたら王位に就いた件
クラスメイトの元アイドルが、とにかく挙動不審なんです。
魔女と傭兵
素直に、面白い
GCN文庫
最新情報はコチラ!
https://gcnovels.jp/gcnb
放課後の迷宮冒険者
~日本と異世界を行き来できるようになった僕はレベルアップに勤しみます~
ハブられルーン使いの異世界冒険譚
世界で一番『可愛い』雨宮さん、二番目は俺。
フェアリー・バレット
ー機巧乙女と偽獣兵士ー
'24年10月発売!
毎月20日頃発売